美得令人心醉的100首唐诗

· 遇见醉美古诗词

王光波 著

华龄出版社

责任编辑：薛　治
责任印制：李未圻
封面设计：颜　森

图书在版编目（CIP）数据

美得令人心醉的100首唐诗 / 王光波著. --北京：
华龄出版社，2017.4
ISBN 978-7-5169-0864-8

Ⅰ. ①美… Ⅱ. ①王… Ⅲ. ①唐诗 – 诗歌欣赏
Ⅳ.①I207.227.42

中国版本图书馆CIP数据核字（2017）第094930号

书　　　名：**美得令人心醉的100首唐诗**
作　　　者：王光波　著
出版发行：**华龄出版社**
印　　　刷：三河市越阳印务有限公司
版　　　次：2018年3月第1版　　　2018年3月第1次印刷
开　　　本：660×960　1/16　　　印　　张：14
字　　　数：140千字
定　　　价：32.00元

地　　址：北京市朝阳区东大桥斜街4号　　　邮编：100020
电　　话：84044445（发行部）　　　传真：84049572
网　　址：http://www.hualingpress.com
（如出现印装质量问题，调换联系电话：010-82865588）

PREFACE

前言

　　《四库全书总目》云："诗至唐，无体不备，亦无派不有。"的确，唐代历国二百八十九年，是诗歌的壮盛期，其间名家辈出、佳作纷呈，盛景空前。这个黄金时代像是一幅莲步轻移、罗裙微动、俏貌倩兮的美人图，而这个时代的诗歌则是美人蛾眉之下的盈盈眼波，一颦一笑，便惊艳了时光，染红了岁月。

　　唐诗所反映社会生活的深度和广度更远远地超越了以往任何时代，举凡国家时事、民生疾苦、生产劳动，歌舞艺术、自然山川、绘画书法、宗教礼仪等社会生活的方方面面，均被收在诗人的笔下。这一切便构成了唐诗特有的丰富内涵。

　　唐诗的形式丰富多彩，它不仅继承了汉魏民歌、乐府传统，而且大大拓展了歌行体的样式；不仅继承了前代五言、七言古诗之诗体，而且开拓了叙事言情的鸿篇巨制。可以说，唐诗基本上形成了包括五言古体诗、七言古体诗、五言绝句、七言绝句、五言律诗、七言律诗在内的六种诗歌形式，用韵讲究对仗和平仄，读起来抑扬顿挫，和谐动听，极具美感。

唐朝诗歌的繁盛景象并非平地而起，而是根植于前几代肥沃的文化土壤。国家统一、政局稳定，经济繁荣、国富民强，这是唐诗发展的现实原因。民族融合的大趋势，促成南北、中外文化交流活动频繁展开，为文学艺术的嬗变注入了新鲜活力。科举取士增强了诗歌的社会功能，开明的文化政策与多元的哲学意识，把社会各阶层人士纷纷推至诗歌创作的大潮中。唐诗如一颗珍珠，在这样的历史扇贝中孕育而生，绽放出夺目光彩。

　　时代是一帧浓丽但不俗腻的背景，诗歌是华美但不奢靡的舞台，诗人是张扬但不傲慢的演员，而翻手为云覆手为雨的命运则是导演。在这场前无古人后无来者的剧目中，当事人用全部的热情倾情演绎，唐诗也就因此如滔滔东流的江水一般，生命绵延不绝。这是一个朝代的至幸，也是后世的至喜。

　　时光流淌，诗歌已在书页中渐渐长成了一朵不谢的花。后人循着它馥郁的香，一遍遍让岁月回溯，一次次在这条由笔墨铺成的小径上旅行。一旦沉醉其中，便再也不愿醒来，抵达一个彼岸之时，落英缤纷，芳香四溢，以为这是终点，却不曾想，这只是路上的一点点惊喜罢了，继续上路，走过万水千山抵达下一个彼岸之时，亦会领略到另一种不曾想象到的风情。在路上，走得多远，惊喜便会有多大，"柳暗花明又一村"的盛宴总是如影随形。或许，这便是唐诗无可言喻的魅力。

CONTENTS

目录

卷二◎心无旁骛的温柔

卷三◎谁不是把悲喜在尝

卷四◎人渺渺，青春鸟飞去了

卷五◎手心忽然长出纠缠的曲线

卷八◎流浪，在海角天涯

卷九◎淡听风雨，静守流云

卷一　情不知所起，一往而深

　　初恋，总是带着一丝暧昧，几许羞赧。那时的快乐总是像被风吹起的蓝色百褶裙一般，是那种干净的浪漫。而那时的忧伤，亦是纯粹如水晶的淡淡哀愁。

美得令人心醉的100首唐诗

守住爱情，便守住了自己
李白《长干行》

妾发初复额，折花门前剧①。

郎骑竹马来，绕床弄青梅。

同居长干里，两小无嫌猜。

十四为君妇，羞颜未尝开。

低头向暗壁，千唤不一回。

十五始展眉，愿同尘与灰。

常存抱柱信，岂上望夫台。

十六君远行，瞿塘滟滪堆。

五月不可触，猿声天上哀。

门前迟行迹②，一一生绿苔。

苔深不能扫，落叶秋风早。

八月蝴蝶黄，双飞西园草。

感此伤妾心，坐愁红颜老。

早晚下三巴，预将书报家。

相迎不道远，直至长风沙③。

【注释】

①剧：游戏。

②迟：等待。"迟行迹"，一作"旧行迹"，指与丈夫共

同生活时往来留下的足迹。

③长风沙：地名，在今安徽省安庆市东长江边上。

生活即是艺术。一生无嫌猜的爱情便是艺术中的精品，可以平淡，也可以绚烂；可以不完美，但一定完整。

《长干行》便讲述了这样一个让人歆羡的故事。当头发刚刚能够盖过额头的时候，我折些花在家门前玩耍。你骑着竹木马过来，我们快乐地绕着井栅栏做游戏。一起度过美丽的童年，一起跟着时间长大，两颗心从无猜忌。依稀记得，出嫁那天，我睫毛低垂，羞红了脸。时光易老，你出去经商，我在家殷切地思念，往事一幕一幕重演，佯装你还在身边。时光流转，四季变换，红颜已老，你可否还会待我如先前。想啊，念啊，对着风痴痴喃喃："待到归来时，站立风中，去相迎。"这段用光阴记述的故事，深情哀婉，韵动人心。

这幅女子相思图中，生活的片段成了完整的艺术整体。刻骨相思，便是爱的见证。整首诗缠绵婉转，温柔细腻，声情并茂，将女子前后的变化刻画得细致入微。更让人感动的终究还是源于那浓挚的爱情。《唐宋诗醇》评价此诗说："儿女子情事，直从胸臆间流出，萦迂回折，一往情深。"

从相知相许到相伴一生，情到深处，便开出永不凋零的花。"愿得一人心，白首不相离"，这才是最美的流年和风景。少年夫妻老来伴，牵着彼此的手，跨过岁月的沟沟坎坎，哪怕沧海桑田，依旧矢志不渝地相爱相伴。

此生相知，情深不渝。如若守住了爱情，也便守住了自己。

三尺白绫，一段深情
李白《清平调词三首》

云想衣裳花想容，春风拂槛露华浓。
若非群玉山头见，会向瑶台月下逢。

一枝红艳露凝香，云雨巫山枉断肠。
借问汉宫谁得似？可怜飞燕倚新妆。

名花倾国两相欢，长得君王带笑看。
解释春风无限恨，沉香亭北倚阑干。

你有"回眸一笑百媚生，六宫粉黛无颜色"的天香国色，云霞想要你的衣裳，鲜花想要你的容貌。春风吹拂着栏杆，花上的露珠是那么浓盛。如此美人若不是在神仙居住的群玉山见到，也只能在瑶池的月光下才能遇到。

一枝鲜艳的牡丹沐浴着雨露凝聚的芳香，云雨中的巫山神女使楚王白白相思断肠。请问汉宫的美女有谁能相比？可怜赵飞燕还得依靠新妆。

牡丹艳，美人艳，人映花，花衬人，美丽而和谐，纵有后宫三千的君王，也禁不住含笑顾盼，举步流连。哪怕君王心中千般恼，只要和贵妃一起来到这沉香四溢的牡丹园中，也会被化解得无影无踪。人倚阑干，春风拂来，丝竹入耳，何其风流蕴藉，令人艳羡呀。

李白以笔墨渲染玉环之美，甚得唐玄宗之心。一个是倾国倾城的"羞花美人"，一个是手掌天下大权的帝王，他们的相爱，如整园的牡丹，万紫千红，烂漫至极。

李白的这三首《清平调》虽为奉承之作，但"语语浓艳，字字葩流"。诗作忽而写花，忽而写人，由识人而喜花，由爱花而赞人，语意平浅但含意深远。清代沈德潜在《唐诗别裁》中赞其"三章合花与人言之，风流旖旎，绝世丰神"。虽然没有直写贵妃的容貌，却也写尽了杨玉环如花似玉的气韵与风流。

红颜福祸各掺半，添香也添乱。可惜，玄宗也没能逃过"美人关"。三尺白绫，一段深情，挽了一个死结，却挽留不住她的青春年华。她只是一个女人，原本只是期待可以得到一个男人全部的爱。不幸的是，这个男人的全部，竟然是一个国家。一如电影《大话西游》中紫霞仙子在结尾含泪道出的心声："我的意中人是个盖世英雄，有一天他会踩着五彩云霞来娶我。我猜中了前头，可是我猜不着这结局。"

拥有过撩人心跳就足够

崔颢《长干曲四首》（其一）

君家何处住？妾住在横塘。

停舟暂借问，或恐是同乡。

轻声读"邂逅"二字，像是漫天飘起玫瑰色的花瓣，缓缓落下，洒满脚踝。每一次的倾心，总是不经意的邂逅。不相识，又何妨？人世茫茫，四目交汇，终难忘。

爱情像是含苞待放的花朵，初次相遇，有的姑娘羞于启齿，花朵还未开放，便已凋零。而有的姑娘却摒除了羞涩和矜持，大胆奔放地表达出内心的情感。

此诗便是女子直抒胸臆的最好诠释。诗一开头便单刀直入，让女主角出口问人，使读者闻其声如见其人，绝没有茫无头绪之感，达到了"应有尽有，应无尽无"、既凝练集中又玲珑剔透的艺术高度。"停舟暂借问，或恐是同乡"，带一丝妩媚的挑逗，又不乏深情。淳朴的性情、直白的语言将年轻姑娘的潇洒、活泼和无拘无束生动地映现在碧波荡漾的湖面上。清脆洗练，玲珑剔透，天真无邪，富有魅力。

"易求无价宝，难得有情郎。"大千世界，芸芸众生，每天邂逅的人何止成千上万，但邂逅之后能相互停顿、驻留的人又有几何？能在茫茫人海中邂逅，继而相识、相知，彼此欣赏，共同领略春夏秋冬的美好风光，一起感受真情爱海的万种柔情，岂不是人世间最美好的事情？

作家沈从文曾这样描绘自己与张兆和的爱情："我一辈子走过许多地方的路，行过许多地方的桥，看过许多次数的云，喝过许多种类的酒，却只爱过一个正当最好年龄的人。"实际上，在最好的岁月里遇到心爱的人，能够相守固然是一生的幸福，但只要彼此拥有过动人也撩人的心跳，一切就已经足够。

席慕蓉说她愿意化成一棵开花的树，长在爱情必经的路旁。于是，那些正当年华的人，每当走过一树树的桃花，都深深地记得那些曾经收获人生美艳的刹那。

缘，妙不可言

宣宗宫人《题红叶》

流水何太急，深宫尽日闲。

殷勤谢红叶，好去到人间。

冥冥中的缘分总是如此奇妙，让人说不清、道不明，却无比真实地发生在世间任何一处角落。

《流红记》中记载了这样一个故事：唐僖宗时期，有一名叫于祐的书生，在傍晚时分，漫步于皇城中的街道上。时值深秋，秋风萧瑟，落叶纷飞。看着眼前景色，于祐心中不禁起了客居他乡的悲伤之情。

街道旁小溪潺潺，忽然，一片红叶吸引了于祐的目光，他隐约见上面有些许墨迹，便将叶子从水中捞起。叶上墨痕未干，字迹姗姗清秀，便是这首《题红叶》。

流水何必如此匆匆，我深坐宫中每天都如此悠闲，此刻唯有殷切地希望这红叶能随着自由的流水，到人间好好地走一遭。

于祐细细地将诗读了几遍，又小心翼翼地把红叶带回住处妥善收在书箱中。自此，他每天都要将这枚红叶拿出来吟诵欣赏。日日想，夜夜念，他脑中全是那个从未谋面的落寞女子的空幻身影。夜中辗转无眠之时，也在一片红叶上题了两句诗："曾闻叶上题红怨，叶上题诗寄阿谁？"继而，将红叶丢入河中，让其漂流至宫城。

其后再无音讯。日子也就这般过去了，无风无浪。之后，有人与之说媒，对方是个清净婉约的女子，于祐也甚喜欢，故而结成良缘。一日，妻子收拾洒扫时，无意看到红叶及题诗，亦想起了前些年自己收到的红叶，此时，夫妻二人各持一枚红叶，一时间相对无言，感慨万端。自红叶题诗到他们结为夫妇，这中间已隔了十年的光阴。

正因为这些美丽的故事，后人常将红叶视为爱心，以红叶来寄托内心的情感，片片红叶，款款情深。而千百年来，多少有情人沉醉在满山的红叶中，也带给我们无数美丽的传说和动人的诗篇。

《题红叶》，一言以蔽之，即是"缘，妙不可言"。世间的缘分像是红线，将两个人缠了又绕，兜了又转，连挣扎的机会也没有。

种子在心中扎根，却再不会发芽

张籍《节妇吟二首》（其一）

君知妾有夫，赠妾双明珠；

感君缠绵意，系在红罗襦。

妾家高楼连苑起，良人执戟明光里。

知君用心如日月，事夫誓拟同生死。

还君明珠双泪垂，恨不相逢未嫁时。

"君生我未生，我生君已老。君恨我生迟，我恨君生早。"这或许是世间最凄怆的爱情了吧。种子在心中扎根，却再不会发芽，明明知道不会再有交集，却舍不得把昨日连根拔去。

这首《节妇吟》也许就是爱情的最好注脚。

"君知妾有夫，赠妾双明珠。"似乎是在埋怨君子出现得太迟，又似乎是在恨自己嫁得太早。她喃喃地说：你明明知道我已经有了夫婿，为何还要以明珠相赠来表达爱意呢？虽已为人妇，但死水般的生活，在他出现的那一刻涌起千层浪。用心去换另一颗心，触到了最温热的脉搏，感受到了缠绵之意，便把带着君子余温的明珠，系到了殷红色的罗襦上。

奈何奈何，夫婿的温情，亦是如同人间四月天，家中高楼雄伟华丽，宫苑金碧辉煌，夫婿在明光殿执戟，身份不凡。

或许君子已动心怀，但又怎舍得家中夫婿伤怀。简单的爱情，是最幸福的，如若有选择，便增烦恼，如同诗中女子一般。婚姻中没有好与不好，没有高低贵贱，纵然婚姻之外的爱情更明艳，也如夜空中的烟火，腾空而起，散尽璀璨，终消失在茫茫的黑夜，再寻不到踪迹。

纵然知道君子的情可以与高山比肩，怎奈已经在成亲之日与夫婿共许诺，愿岁月静好，生死与共。"还君明珠双泪垂，恨不相逢未嫁时。"婉转地拒绝，分离的时刻，终于让蓄在眼眶里的泪，在脸上溅起水花。

或许张籍在写这首诗时，从未想到过后人会如此传唱。从诗下的小注"寄东平李司空师道"可以窥见，这是他委婉拒绝拉拢的言辞。而世人更愿意撇开他的政治背景，去体味诗中女子欲罢不能，却最终选择守护家庭的微妙心境。

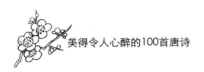

没有言语，却比盟约更动人

刘禹锡《竹枝词二首》（其一）

杨柳青青江水平，闻郎江上唱歌声。

东边日出西边雨，道是无晴还有晴。

  一场太阳雨后，两岸杨柳低垂摇曳，青翠欲滴，江面水位初涨，平静如镜。少女拨弄着垂下来的发丝，走在江边。忽然，悠扬的歌声从江上随风飘来，听到情郎的歌声，忧伤便被深情的歌声冲淡了。抬头望见东边阳光灿烂，西边雨绵绵，姑娘摸不透对方的心思，爱到深处，便不知有情还是无情。姑娘的爱意与忧伤，就像这绕山流淌的蜀江水一样，无尽无止。

  诗人以女性口吻在此诗中写了一段朦胧暧昧的男女之情，展现了一位深陷爱恋中的少女忐忑期待的心情。诗歌以景开篇，首句和二句是真实情景的再现，一见一闻，描画了一幅宁静唯美的画面，画面中有山有水、有人有声。三四两句，诗人由景生情，描写了少女在听见心上人歌声后的心理活动，最后一句"道是无晴还有晴"更是巧妙地运用了谐声双关的手法，以"晴"喻"情"，将暧昧的情感与多变的天气交融在一起，化无形于有形，化明确于含蓄，准确地传递出了爱情的朦胧和善变之状。全诗语词朴实而意蕴深厚，声调婉转而情意真挚，读来亲切，令人莞尔。

男子对这位单纯的少女若即若离，对于少女的心意他总是未给出明确的回复，当少女以为他无意于自己时，他总是适时表现出热情；可是当少女认为他也心仪自己时，他又总是尽力撇开，这让少女内心忐忑至极：他对我究竟是怎样的感情呢？这个人怎么像黄梅时节的天气似的，东边出太阳时偏偏西边在下雨，说他无情吧，又似乎满含深情。

人们总喜欢以歌传情，它不似普通语言有特定的含义，无须夜夜揣摩。它需要气氛的渲染、情感的铺展。它是微妙的，像水一样没有形状，却适合于任何容器。它忽远忽近，凭空而来，轻轻游动着，深入到你的心里，没有言语，却比盟约更动人。它似心情的触须，稍稍一拨，便波及全身。

生为同室亲，死为同穴尘
白居易《赠内》

生为同室亲，死为同穴尘。

他人尚相勉，而况我与君。

黔娄固穷士，妻贤忘其贫。

冀缺一农夫，妻敬俨如宾。

陶潜不营生，翟氏自爨薪。

梁鸿不肯仕，孟光甘布裙。

君虽不读书，此事耳亦闻。

至此千载后，传是何如人。

人生未死间，不能忘其身。

所须者衣食，不过饱与温。

蔬食足充饥，何必膏粱珍。

缯絮足御寒，何必锦绣文。

君家有贻训，清白遗子孙。

我亦贞苦士，与君新结婚。

庶保贫与素，偕老同欣欣。

从前的爱情是常常见面，同饮食，共枕眠，一起迎接晨昏四季，而现代人似乎更愿意选择一种自由、不受束缚的相爱方式，"生为同室亲，死为同穴尘"只成了一个传奇。于白居易这首《赠内》诗中，我们才可以一窥从前爱情的模样。

在新婚之际，他的"结婚宣言"让爱情开成花海。

至纯的誓言在起始之时，便是真心一片。你我在有生之余年结为夫妇同室而居，相亲相爱，死后依然是同处一个棺椁，一起化为尘土。

黔娄、冀缺、陶潜、梁鸿都与妻子举案齐眉，情好无间，同看花开花落，月上蕉窗；听鸟语声喧，风过林梢。日子温婉清净，与世无争，一无所有却又拥有世间最烂漫的幸福。

你虽然读书不多，但这些事也有所耳闻。千年后，传说他们又是怎样的人呢？人生所需要的衣食不过满足温饱问题。饭衣蔬食又如何，荆钗布裙又如何，只要两个人的内心有着深深的情、浓浓的意，这俗世依然璀璨。清贫与朴素，至老依然欣然快乐。

"在天愿作比翼鸟，在地愿为连理枝"，美丽的誓言听起来总是甘甜入口，哪怕是在暗暗的夜里，心里也会燃起一盏明灯，将整个人生照亮。哪怕有一天说了再见，也在最凄冷最落寞的时候，轻轻抚慰汩汩流血的伤口。所以，懂爱的人，总不会要求太多。粗茶淡饭，亦是不可复制的绝美流年。

要知道，好的爱情如同一场好的睡眠，从头到脚将你覆盖，给你温暖，让你忘怀尘世的一切不堪。纵然天涯海角亦追随，纵然阴阳两隔亦相念，如此，我们还会想跟这个世界要求更多吗？

数阕悲歌，一往情深
元稹《离思五首》（其四）

曾经沧海难为水，除却巫山不是云。
取次花丛懒回顾，半缘修道半缘君。

爱情的法力到底有几重？可以让人山人海变为无人之地；可以让人生而死，死而又复生；可以让人放弃三千弱水，只取一瓢足以饮一世。

那个为爱而忧伤的少年维特说："从此以后，日月星辰尽可以各司其职，我则既不知有白昼，也不知有黑夜，我周围的世界全然消失了。"

那痴情的郑国男子说："出其东门，有女如云。虽则如云，匪我思存。缟衣綦巾，聊乐我员。出其闉阇，有女如荼。虽则如荼，匪我思且。缟衣茹藘，聊可与娱。"

元稹则说："曾经沧海难为水，除却巫山不是云。取次花丛懒回顾，半缘修道半缘君。"

"如果曾经经历过大海的苍茫辽阔，又怎会对那些小小的细流有所旁顾？如果曾经陶醉于巫山上彩云的梦幻，那么其他所有的云朵，都不足观。现如今，我即使走进盛开的花丛里，也无心流连，总是片叶不沾身地走过。我之所以这般冷眉冷眼，一半因为我已经修道，一半因为我的心里只有你。"

韦丛走后，元稹在一首首悼亡诗中絮絮地说着他的思、他的悔、他的痛。

全诗以沧海水、巫山云作喻，表达出诗人对妻子浓浓的怀念之情，曲婉深沉，张弛有度。全诗语朴情真，淡淡怆然，感情基调伤而不俗，浓而不腻，堪称悼亡诗中的巅峰之作。

元稹写下的数阕悲歌，和他那情到深处万念俱灰的赤诚千年来流淌不断。不知情人声声叩问与慨叹：这世间，为了爱情到底可以做到

哪一步呢？而深陷爱情旋涡的人听到这问题，也许只是浅浅一笑，"不知我者谓我何求"，不解释，不辩白。

人们说，爱情的最高境界不是我为你去死，而是我为你送葬。也许生命的终点处并不是一片幽深的黑暗，爱我们的人会在那里为我们点一盏灯，照亮那未知的旅程。

离开之际，便是梦醒
李商隐《无题二首》（其一）

昨夜星辰昨夜风，画楼西畔桂堂东。
身无彩凤双飞翼，心有灵犀一点通。
隔座送钩春酒暖，分曹射覆蜡灯红。
嗟余听鼓应官去，走马兰台类转蓬。

作家王蒙曾说："李商隐最独特的创造与贡献，却不在于这些诗，而在于他的那些为数并非很多的意境迷离、含义奥曲、构思微妙、寄寓深邀的七律'无题'诗。"

"昨夜星辰昨夜风，画楼西畔桂堂东"，浩瀚的夜空中繁星闪烁，醉人的花香在空气中渐次弥漫。和煦的风就这样吹拂着，将所有的回忆都带回了"画楼西畔"的酒席之上。夜宴喧嚣，宾客们玩着分组射覆的游戏。此时的诗人虽已不胜酒力，但目光依旧离不开那位风情万种的女子。她时不时投送来的目光是那样的饱含深情，让诗人不禁心神荡漾。

他望着她清澈的眼眸，唯愿时时刻刻环绕在所爱之人的身边，但这只是幻想罢了。既然不能朝朝暮暮地相守，便只求能有心心相通的默契，就算是一个眼神、一个动作，便能传递内心最深处的温柔。

　　无奈，狂欢终归是一群人的孤单。饮宴越是热闹无忌，诗人便越是不舍这难得的欢愉；越是贪欢，不得不在更鼓报晓前离开的遗憾便越浓。一想到天亮还要去徛门当差，诗人就更加悲从中来，四处飘零、居无定所的差事就像蓬草般的人生际遇那样令人叹息。他想，或许在他离开之际，便是梦醒之时。

　　此诗描绘的情感虽然隐晦，却并非无迹可寻。据说这是李商隐为内宫的一位叫宋华阳的宫女所写的情诗，因爱而不得，故而写下一首首"无题"的爱情诗。

　　世人无法知晓这样的故事到底是真是假，但宁愿相信李商隐是因为经历过这样刻骨铭心、相爱而不能爱的感情才写下这缠绵悱恻、感人至深的诗篇。或许曾经真的有那样一个星辰漫天的夜晚，他与她并肩而坐，在那春日的欢宴之上饮酒射覆，幻想着有一天能够化为灵犀相通的彩凤，日夜厮守，永不分离。

心意洒满整个湖泊
皇甫松《采莲子》（其二）

船动湖光滟滟秋，贪看年少信船流。

无端隔水抛莲子，遥被人知半日羞。

初恋，总是带着一丝暧昧、几许羞赧。那时的快乐总是像被风吹起的蓝色百褶裙一般，是那种干净的浪漫。而那时的忧伤，亦是纯粹如水晶的淡淡哀愁。那时，一首带着谐音的小情歌，偷偷地将掩藏于心的爱恋，悄悄传给风，再让风当作使者，将密绵的温柔抵达爱人灵魂深处。时光如水，回头看时，才知道年少的爱情，总是那么简单。

那一个秋日，不知是谁将蓝色墨水打碎在了天上，抬头望时只觉那一片耀眼的蓝，让人忘记了呼吸。天空倒映在平静的湖水之中，湖水亦碧波如玉。风不紧不慢地吹来，湖水渐渐起了波澜，滟滟如美人的妩媚眼波。采莲女乘着一叶小舟轻轻荡来，小舟在湖面划开深深的水痕后又渐渐地平静。任是谁看到这般动静相宜的画面都会沉醉其中。"船动湖光滟滟秋"，短短七字便描摹了一幅极富诗情画意的秋景图，宁静安逸。

微风拂面，荡起丝丝涟漪，更吹皱了采莲女平静的心——"贪看年少信船流"。采莲女泛舟湖上时，看见了一位英俊的男子，心生爱慕，动情地望着心上人，以致忘了划船，让小船

随波漂流。就是在此时此刻，女子爱情的轮盘轻轻转动，转到了最绵丽、最温暖的一齿。

采莲女"贪看年少"仍不满意，故而主动地"无端隔水抛莲子"。爱情到来之时，痴痴的女子总是抑制不住内心碧波的荡漾，即使不低到尘埃中，也要半遮半掩地让对方知晓自己的爱慕之心。主动示爱，难免羞赧，"遥被人知半日羞"，远远感知自己的心意洒满整个湖泊，被人知晓，自然娇羞满面。故事至此戛然而止，后人并不知晓采莲女与其心上人的感情如何，这样也好，言毕不如留白，使读者有更大的想象空间。

清代陈廷焯在《白雨斋词话》中就说："皇甫子奇词，宏丽不及飞卿，而措词闲雅，犹存古诗遗意。唐词于飞卿而外，出其右者鲜矣。五代而后，更不复见此笔墨。"这首《采莲子》便是体现其艺术成就的最佳佐证。

透过生死，活在世间

李贺《苏小小墓》

幽兰露，如啼眼。

无物结同心，烟花不堪剪。

草如茵，松如盖。

风为裳，水为珮。

油壁车，夕相待。

冷翠烛，劳光彩。

西陵下，风吹雨。

钱塘江畔，月冷如水。这里葬着一个女子，泪眼好似幽兰上的露水。也就是在这里，有一位钟情"鬼魅"的诗人为这个女子举行了一场婚礼。她是苏小小，而他是李贺。

文人都爱苏小小，一首首诗哀叹她坚贞的爱情和悲惨的命运。然而唯有李贺，他读懂了苏小小的悲伤：苏小小要的并不是怜悯，而是无论生或死、前世或今生，都可以长存不灭的爱。于是，李贺作了这首感天动地的诗来祭奠苏小小，为这个飘散的灵魂举行了一场没有新郎的婚礼。

碧草为茵被，青松为伞盖。轻柔的微风是华美嫁衣的裙摆，叮咚的流水是腰间叮当的环佩。乘着前世的油壁车，在缓缓落下的夕阳余晖中等待。那双望穿的泪眼如幽兰上的露水，

楚楚动人。就在这雨打风吹的西陵墓下，翠色的烛光暗淡地摇曳着。"无物结同心，烟花不堪剪。"如果这不是一场婚礼，苏小小为何如此盛装华美；如果这是一场婚礼，男主角为何迟迟没有到来？李贺笔下的苏小小就这样静静地用生命等待着一场属于她的爱与婚姻，无论生或死都不能成为爱的障碍。

隔了时代隔了天地，李贺读懂了二十岁的苏小小。生与死并不可怕，可怕的是活着却与这世界格格不入，触摸的是冰冷的眼神。面对死亡的催促，心有爱者才无所畏惧。苏小小的爱是男女之爱，而李贺对苏小小的爱则来自对生命价值的认同。无论是哪种爱，都可以透过生死，永远地活在世间。

在诗的国度里，爱、生命与美已经融合成为一体，伤感却不露骨，因为爱本身就是对生命的凌驾和超越，肉体会随着时间而腐坏，但爱可以长长久久地延续下去。爱就像李贺对苏小小的欣赏，就像他们二人的心灵私语，它要慢慢地、和风细雨般地滋润下去，或化成诗人的诗绪，或化为次年守候生命的春泥。

卷二　心无旁骛的温柔

写给爱人的情书，像是温暖而悠长的春天，日光和煦，尘世温柔。每一次打开默读，都感到身旁繁花盛开，暗香浮动。

爱，是不能忘记的

王维《相思》

红豆生南国，春来①发几枝？

愿君多采撷，此物最相思。

【注释】

①春来：《王右丞集》作"秋来"。

相思是一种美丽的忧伤，然而究竟什么才是相思？是满城飘飞的柳絮，长街淅沥的春雨，一封迟到的情书，还是被岁月染黄的照片，抑或仅仅只是留在千年历史中孤独而风干的背影？或许在王维的诗歌中，我们能发现些许相思的秘密。

将此诗读上几遍，便觉时光倒流，枯木逢春，当年的一颦一笑，涌上心头。就像吃了一枚熬透的红豆，甜蜜在心里蜿蜒成河。这是一个传奇而又动人的故事，古时有位男子出征，其妻朝夕倚于高山上的大树下祈望；因思念边塞的爱人，哭于树下。泪水流干后，流出来的是粒粒鲜红的血滴。血滴化为红豆，红豆生根发芽，长成大树，又结满了一树红豆。日复一日，春去秋来。大树的果实伴着姑娘心中的思念，慢慢地变成了地球上最美的红色心形种子——相思豆。

时光如一条静静的河流，轻轻地流淌在姑娘的身边，任凭山河斗转，心中情怀依旧。若要问思念为何这般让人心醉，竟也说不出只字片语。

都说淡语能表深情。首句素颜出镜，却极富形象，以红豆暗示后文相思之情；接着不经意地询问："春来发几枝？"像是一位儒雅男子在耳边轻声呢喃，亲昵却不失庄重。"愿君多采撷"，远方的人啊，多采一些红豆吧，千万莫把我忘怀。"相思"与"红豆"呼应，深切"相思豆"之名，又关合相思之情。一语双关，更具内涵。"最"字袒露肺腑之言，诗人倾吐的，不正是让人伤神的相思吗？

作家张洁说："爱，是不能忘记的。"生活可以有很多内容，但在痴情人心里只有一个主题：那便是相思。午夜梦回，多少个辗转难眠的日子依然会涌上心头，曾经走过的岁月依旧鲜活如初。

风吹花无痕，只能空嗟叹

李冶《相思怨》

人道海水深，不抵相思半。

海水尚有涯，相思渺无畔。

携琴上高楼，楼虚月华满。

弹著相思曲，弦肠一时断。

人世无常，相爱终成梦一场。风吹花无痕，念之残忍，却也只能空嗟叹罢了。

最是那个"美姿容，神情潇洒，专心翰墨，精弹琴，尤工诗"的李冶，引得后人感叹。孤灯一盏，黄经一卷，她便与人品诗论词。她的才情与美丽倾倒了风流倜傥的才子，但也注定了要承受悲欢离合的痛楚。

一首《相思怨》，把伤怀道尽。初尝爱情，在她心中种下了太多的希冀。最刻骨的是那次初见，只一面便沦陷。日后的万千回忆和思念都是从那一刻开始悄然滋生。从指间滑落的一缕缕柔情，从笔尖生养的一行行文字，都因那一刻而明媚生色。

"人道海水深，不抵相思半。海水尚有涯，相思渺无畔。"海水深不见底，却抵不过相思的一半。海水辽阔尚且有尽头，为何相思却时时漂泊找不到港湾。心中的苦海无边，回头亦无岸，对着青灯也未能幡然醒悟。为何刻骨的爱情，终落得如此下场？为何深爱的人遗留的柔情，却幻化成刺心的伤？是太在意吗？在意到他的每一个不经意都酝酿成间歇的苦楚。

夜色凄凉，在幽幽的月光笼罩下，李冶手抚瑶琴，轻轻上了高楼。信手低眉，续续弹弹，曲调中满含忧伤，缠蓄绵长，或许只有相思的曲子才能弹出这般意境吧。然而，相思愈切手越颤抖，凄凄之中，肠断弦也裂。她只得抚琴独坐，神情萧索，黯然良久。陪伴她的，只有这无尽的月华。

人走茶凉，喧哗后的寂寞如同古寺的灯，一丝丝烤着留下的人。一切仿佛失了颜色，只剩下寂寞的黑，或浓或淡。恍惚中，他还是静静站在她的身后，为她烹茶赋诗，和她谈文论画。然而，一切只不过是存在过又消失的梦境而已。

心之戚戚，只盼君归

李白《春思》

燕草如碧丝，秦桑低绿枝。

当君怀归日，是妾断肠时。

春风不相识，何事入罗帏？

春日，天空忽然晴朗了许多，柳叶一点点泛绿，如美人的细腰，摇曳中带着几许妩媚。阳光不强烈也不凄迷，温度刚刚好。一切都在孕育之中，庭院前的小草，溪流边的无名花，连同女子隐没了一冬的挠人的情愫，都在这春天里蠢蠢欲动。

多情本自招人恼。渐渐出落得如芙蓉一样的女子，当春日到来的时候，心里便洋洋洒洒飘满了飞絮，按捺不住心中的相思。《春思》，道中了千万女子的心怀。

沧海茫茫，隔山碍水，眼睛触不到的地方，心里便生发想象。女子所处秦地的桑树已经低垂着浓绿的树枝，那么郎君所在的燕地，也应该被一番绿色所覆盖了吧。小草应该发芽了，细嫩得像丝一样。往昔身处一地，冬日也如春，而今天各一方，春日尽惹相思泪。思念纵然能翻山越岭，到达彼此心上，但也添了苦愁，添了烦恼。一句"燕草如碧丝，秦桑低绿枝"惹得世人也不禁唏嘘、感叹。

无论是枝条低垂的桑树，还是刚刚吐丝的春草，思妇根本无心过问，她的生命里只盛得下他的归期。她归来的日子，正是他断肠的时刻。归来之时本该喜悦，反倒断肠，看似无理，实则情深义重。燕地在秦地之北，气候比秦地寒冷，因而春季来得较迟，当秦地桑枝滴绿之时，燕地春草才刚刚发芽。征人看到春草萌发，会想念家中妻子，而此时思妇早已不知多少次魂里梦里地牵肠挂肚了。这似乎是思妇的嗔怪，但不经意间流露出无限幽怨和深情。心之戚戚，只盼君归。

春风撩人，春思缠绵，恼人时不禁申诉春风：我本不与你相识，何故吹进我的罗帐？连温和的春风都忍心斥责，多情思妇的形象已在诗里泛活。

春含几多情，使得世间女子都在春日滴尽相思泪。或许美丽的风景，正因这些痴痴的情愫变得更迷人；而痴痴的情愫，正因春日的明媚而变得更妩媚。相思和春天，从来都是为彼此锦上添花。

爱过，便是一种绚烂
刘禹锡《望夫山》

终日望夫夫不归，化作孤石苦相思。
望来已是几千载，只似当时初望时。

　　可怜时间的手，把今日写成曾经。曾经最美，却也最痛。秋夜无边朦胧，在琥珀色的月光下，能做的也不过是独坐窗口，让点点滴滴的回忆，化成相思。痴情真真切切，却又酷似传说。正像诗中所描述的，这是一个传奇而又动人的故事，一位女子因为思念远方的丈夫而长久地站在山上眺望。日出日落，月圆月缺，她凝望未来的目光穿越了时间的尘埃，撒落在爱情的银河里。花开花落，年复一年，几千载的时间过去了，她相思的身影化作了坚固的磐石，变成了一座动人的雕像。相思之情已经令她完全忘记了自然界的更迭。她遥遥地望了几千年，却和当年刚刚站立的时候一样深情。

　　妇人望夫，化为孤石；诗人望京，望眼欲穿。整首诗中诗人未着一字"望京"或"望故乡"，然而全诗意境紧扣"望"字展开。语词洗练朴直，声调婉转干净，寓意深厚悠远，内涵丰富深邃。

　　曾经丈夫说过会回来，女子便痴痴等待。流年似水，覆盖了生命。想念和回忆渐渐成为一种舍不掉的习惯。当初因爱而起伏，在起伏中失望，在失望中悲鸣，在悲鸣中回味，在回味中孤吟，在孤吟中断肠，在断肠中等待。春夏秋冬，日日夜夜，从不停歇。刻骨的怀念啊，终成就了一生的悲凉。

　　时间可以使年轻人失去青春的激情，却不能抹去一段刻骨铭心的爱情。爱过，便是一种绚烂。

最美的情事，莫过于曾经拥有

崔护《题都城南庄》

去年今日此门中，人面桃花相映红。

人面不知何处去，桃花依旧笑春风。

世间爱情的结局也许千差万别，但所有爱情的开篇都同样美丽，一切的浪漫都源于初见时的惊喜。而在这爱情的四季中，如果把热恋比喻为躁动的盛夏，那么人生的初次相逢就犹如早春的桃花，鲜艳却带着柔媚、矜持与羞涩。

在那年清明节的午后，刚刚名落孙山的崔护独自出城踏青。长安南郊的春天草木繁盛，艳阳高照，桃花朵朵，一望无际地弥漫着融融的暖意。随意漫步中，崔护忽觉口渴，恰好行至一户农家门外，便轻叩柴扉，讨一杯水喝。农庄的大门徐徐地拉开，两颗年轻的心便在明媚的春光中浪漫地邂逅了。姑娘温柔地端了一碗水送给崔护，自己悄然地倚在了桃树边。崔护见姑娘美若桃花，不免怦然心动。

次年清明，崔护又去了南郊。没人知晓他是不是去寻找那曾经令他刻骨铭心的笑容，然而这一次他看到的只有门上的一把铁锁，便怅然若失地写下了《题都城南庄》。

词的大意很简单：去年的这个时候，我来到这扇门前，看到青春的姑娘和盛开的桃花交相辉映。今年的这个时候，故地重游，却发现姑娘已不知所踪，只有满树的桃花，依然热闹地

笑傲春风。

爱情是如此慷慨，让两个陌生人相遇；但爱情又是如此吝啬，短暂到竟然容不得相遇之人说上一句"原来你也在这里"。

一转身，就是一辈子。错过了，就是整整一生。而唐人偏偏以浪漫情怀给残忍加上圆满的结局。唐人孟棨在其所著的《本事诗》中，延续了这个故事：崔护抚尸恸哭深情疾呼，女子死而复活，其父将她许于崔护为妻子，诚可谓是有情人终成眷属。

当然，没有人能证明崔护的爱情是否真的存在续集，但"人面桃花"的明媚和"物是人非"的落寞，却吟诵出人们对平常生活的感喟。最美的情事，莫过于曾经拥有。

哀哀长歌，减不掉相思
卢仝《有所思》

当时我醉美人家，美人颜色娇如花。

今日美人弃我去，青楼珠箔天之涯。

天涯娟娟姮娥①月，三五二八②盈又缺。

翠眉蝉鬓生别离，一望不见心断绝。

心断绝，几千里？

梦中醉卧巫山云，觉来泪滴湘江水。

湘江两岸花木深，美人不见愁人心。

含愁更奏绿绮琴，调高弦绝无知音。

美人兮美人，不知为暮雨兮为朝云。

相思一夜梅花发，忽到窗前疑是君。

【注释】

①姮娥：嫦娥。

②三五二八："三五"指十五日，"二八"指十六日。

每段爱情的初始，总如烟花三月的扬州，招引了所有的浪漫与明媚。但在错的时间遇到对的人，终会让幸福越逃越远。

卢仝一首《有所思》将此种情思渲染得极为深长。一句

"当时我醉美人家，美人颜色娇如花"倾倒了春天。那年繁花绚烂怒放，美人娇羞如兰，美艳如芍药，恣意如牡丹。不知是酒醉人，还是人自醉，只需要看美人一眼，便觉得世间落英缤纷，甚是好看。佳节人相伴，醉卧香闺，好一派缠绵温情之景。

然而，谁又知晓，难留好景睡，欢喜一场却成空。美人已然离去，只有珠箔帷幕仍在远处，天涯海角也无处可寻。如今月圆了又缺，月虽圆人难聚。明月有缺时，但终究会复圆，而与美人相离，却再难相见，正是"一望不见心断绝。心断绝，几千里"。

思念如雾如梦，恍惚在梦中又卧巫山上，云雾霭霭缥缈似仙境。待到觉察之时，泪水花落滴滴洒满湘江水。湘水畔，巫峡边，花木深深繁盛似美人，却不见美人身，只有茕茕孑立孤身一人。愁中更要弹起绿绮琴，哀哀长歌，依旧减不掉相思，唤不回知音。深情在夜中声声呼唤伊人，寂静无边听不见回音，只有浓浓的哀愁随风漂流。

"相思一夜梅花发，忽到窗前疑是君。"正遥想美人身在何处之时，忽见窗前有一抹淡影。按捺不住心的颤抖，便撩开窗帘仔细看个究竟。然而，这不是美人归来的身影，不过是窗前的梅花影而已。太想念而生幻觉，也太苦了相思人。

卢仝就这样以清新明快的遣词造句、浅淡清秀的色泽、不事雕琢的藻饰将面对着一江碧水的男子的相思，写得有形有色，隐隐中它苦涩又诱人的沁香悄然扑于鼻尖。

依依惜别，流泪到天明
李商隐《无题四首》（其一）

来是空言去绝踪，月斜楼上五更钟。

梦为远别啼难唤，书被催成墨未浓。

蜡照半笼金翡翠，麝熏微度绣芙蓉。

刘郎已恨蓬山远，更隔蓬山一万重！

古时，思念跨越云山几重绵延流长。用黑色的墨、蝇头小楷、薛涛笺慢慢写一封手书；用记在脑中的模样，画一幅心上人的像，日日相对便是相见；如若想见面，便翻过两座山、走几十里路，牵着马走过她的馆楼，牵起她的手。

李商隐偏爱写《无题》，于是一生便也似个谜。他内心情多，缱绻成墨，只肯为伊人写淡淡：

我答应了要去见你，却怎奈又成了空。我就这样走了，无声无息，早已是五更天你还在楼上，仅有空寂的等待。梦里你流着泪呼唤我，我的身影却渐行渐远。那墨汁还没有研好，你已匆匆地写成了思念的信。

翡翠屏上半笼着烛光，芙蓉帐下微微的熏香。闺房里你的思念和无眠牵着我的心肠。刘郎想要去蓬山怨路途遥远，而我与你的距离，比那蓬山还要远上一万重。

不是每份爱都会有结果，不是每个人只要等了便能回来。

一个生命与另一个生命的相遇不过千载一瞬，而分别却仿佛万劫不复。杜牧那首《赠别》就是在说着那让人万劫不复的离别："多情却似总无情，唯觉樽前笑不成。蜡烛有心还惜别，替人垂泪到天明。"

相聚时如胶似漆，而作别时却像陌生人一样无情；只觉得酒筵上应有笑声，谁知就算是强颜欢笑也笑不出声。案头摆着的蜡烛也是有心之物，懂得依依惜别，你看它替我们流泪流到天明。

我知道你在远方流浪，你也知道我在远方守着你见过的阳光，而你不知道的是，我并不害怕离别，只怕那水远山遥，梦来都阻。

旁人不懂，有情人才看得清

李商隐《夜雨寄北》

君问归期未有期，巴山夜雨涨秋池。

何当共剪西窗烛，却话巴山夜雨时。

　　写给爱人的情书，像是温暖而悠长的春天，日光和煦，尘世温柔。每一次打开默读，都感到身旁繁花盛开，暗香浮动。它无须用典故，无须用比兴，更无须斟酌丽藻华辞，只要直写其景，直抒其情，温情便像潮水般一波波漫过心房，让独自一人的夜，不再那么凄凉。李商隐写给内人的信，字字滴进了妻子的心海，也如永不暗淡、永不低沉的星辰一般，悬挂在了每一个夜空中。

　　这只是一首简单的小情书，但却道尽了相思。那一天，蜀地萧索，秋雨绵绵，落叶纷飞，李商隐朝妻子的方向极目远望，望断天涯，伊人总不见。最怕淅淅沥沥的雨，从来没有要停的意思，屋檐上滴滴答答，一记一记敲着敏感的神经，或许又是一夜不能眠吧。

　　重新点上煤油灯，翻出案几边的几张泛黄的宣纸，磨一磨风干的墨，脑中便开始上演从前的一幕幕场景。"君问归期未有期，巴山夜雨涨秋池"，宁静的夜中，他恍惚中听见妻子在问，何时归来，何时归来。巴山的雨啊，如此多情，涨满了门

前不远处的池塘。巴山的夜啊，也如此凄清，漫漫无边，包容不下一颗伤透的心。想确定归期，奈何身不由己，他的命运不在他的手中。

何时再回曾经的院落，何时能与佳人团聚。待到那一日，在西屋的窗下情意绵绵，彻夜聊天，窗户边的蜡烛结出蕊花，两人便携手剪掉。情愫绵延不尽，夜夜在烛光下，共叙情怀，共诉相思。巴山夜雨的点点滴滴，独守闺房的痴痴念念，尽消磨在二人的柔情里。

原来相思总有一种奇妙的颜色，旁人不懂，只有有情人看得清。无怪乎桂馥在《札朴》卷六中云："眼前景反作后日怀想，此意更深。"

朗月照亮归家的路

张九龄《望月怀远》

海上生明月，天涯共此时。

情人怨遥夜，竟夕起相思。

灭烛怜光满，披衣觉露滋。

不堪盈手赠，还寝梦佳期。

唐诗中，借月亮寄托思情的诗作甚多，大多是细腻温婉、娓娓道来之作。鲜有开篇就写出"天涯共此时"这等磅礴的气势，不愧是被誉为"曲江风度"的张九龄所作。

又是一个月亮高举、清凉如水的夜晚，张九龄躺在床上，辗转无眠，故而起身趿上鞋子，走至窗边，推窗而望。只见琥珀色的月华，静静铺展在静谧的海面上。月亮于天地之间，仿如一颗明珠，月的清辉，最易引人相思。离家已多时，由于相隔甚远，已许久不传书。

从月出东斗，至月落树梢，漫漫长夜中，无时无刻不想念远在天涯的亲人。思而不能寐，竟深深埋怨起这漫漫长夜来。一怨家太远，二怨不相见，三怨夜漫漫，这怨满愁肠，让人坐立不安，不由得起身在屋中慢慢踱步。身影在烛火下，由长而短，由短而长，他愈觉烦闷，便走向烛台，将蜡烛熄灭。披衣走出门庭，月亮的光辉依旧清冽敞亮。夜渐渐深了，站立庭

院中的诗人，不禁察觉到有一丝丝凉意，露水悄悄在月光下滋生，不知不觉便浸湿了衣裳。

"不堪盈手赠，还寝梦佳期。"在这个被相思困扰的不眠之夜，思念远方的人却无所寄托，只有掬一把月光遥遥相赠了。然而手捧月光相赠也不能传递自己的思念，不如就此睡下，也许睡着了就能梦到与远人相聚的美好时刻。最后，诗人以梦结尾安慰自己，悠悠情思一如月光汩汩流出，无限情思尽在不言中。

诗人因望月而怀人，又因怀人而望月，最终"不堪盈手赠，还寝梦佳期"。全诗便在这种失望与希望的交集中戛然而止。月蕴藏了诗人心中复杂的感情，拿起又放下，欲说还休。即便是这样，诗人们仍乐此不疲地描绘着自己心中独有的月光，唐代的朗月不仅照出了诗人的相思，亦照亮了诗人归家的路。

过客终究不是归人

鱼玄机《江陵愁望有寄》

枫叶千枝复万枝，江桥掩映暮帆迟。

忆君心似西江水，日夜东流无歇时。

五绝与七绝，同属绝句，然而风格各异。鱼玄机的《江陵愁望有寄》如果改成五绝则会变为：枫叶千万枝，江桥暮帆迟。忆君似江水，日夜无歇时。虽字数减少，意思不变，但细细品咂就会感觉瘦硬无味，失去了原诗那种纡缓悠长。要知道，这首诗寄托的是一位女子悠远绵长的思念。

在一个繁花似锦的三月天，李亿以一乘花轿将盛装的鱼玄机迎进了他为她在林亭置下的一幢精致别墅中。自此二人日日相守，不管屋外的尘世变迁，共度了一段浓情蜜意的时光。但是，李亿在江陵家中还有一个原配夫人裴氏。裴氏见丈夫离家去京多时，却一直无音讯，便来信催促李亿来接自己。李亿将家中老小一齐接入京城，安稳妥当，亦是情理之中。鱼玄机知晓李亿有家眷，自然无话可说。通情达理的她送别了李郎，之后便写下此诗。

江陵已是一片秋色，红枫生于江上，西风过时，满林萧萧之声，轻易就能惹起人的愁怀。在江边极目远眺，只见江上的桥被枫林掩映，看不到桥上是否有我思念的人经过；眼

看这日已西陲，也不见那人的船归来。

她状似洒脱地送走了他。在他转身离去的刹那，她面上的一抹苦笑，和着泪，在心底泛开。"忆君心似西江水，日夜东流无歇时"，他走了这么久，她以为对他的思念已经到了极致，再不能多一点，也不容许少一点。但在这条再熟悉不过的江上，这个再平常不过的傍晚，什么也没改变，她却因为想他而对着不知哪里的虚空哭泣。这一次，他成功地让她知道，她还是可以再想他多一点的，如若江水永不停息，她的相思也永难休歇。

只是，在最后的最后，她多想告诉他一句：我的经年由你而始，我的相思为你而不绝。只要你记得回来，就好。然而世事偏爱捉弄人，过客终究不是归人。

隔山隔水，两两相望

王驾《古意》

夫戍边关妾在吴，西风吹妾妾忧夫。

一行书信千行泪，寒到君边衣到无。

"平生只流两行泪，半为苍生半美人"，古往今来，所有荡气回肠的故事都大抵如此。匹马戎装虽然是每一个铁血男儿的梦想，但关河梦断，终究还是对平凡的家庭生活怀有一份深深的依恋。王驾笔下戍守边关的将士，有着执着的血腥，但也柔情似水，想起夜夜为自己担心的妻子，也会掉下动情的泪水。

此诗以第一人称的表现手法，以一个女子的口吻道出了对戍边丈夫的深切思念和关心。夫君在边关，而自己却在吴地，分居两地，有情人难以团圆。然而，隔山隔水，两两相望，挡住的是彼此的身影，挡不住的是思念的深情。

西风乍起，散落了她因怠倦而未挽好的发髻。凉意漫上肌肤，顾不得披上御寒的衣裳，转而忧虑远方，戍边是否也吹起了瑟瑟秋风？丈夫有没有感到寒冷，身上的衣服够不够？寒意袭来，第一时间想到的是远方的丈夫，足见其情深且真。

罢了罢了，相思尽惹人恼。忧郁无处安放之时，便写一封情书给远方的丈夫，聊以慰藉。然而，纵有千言万语涌上

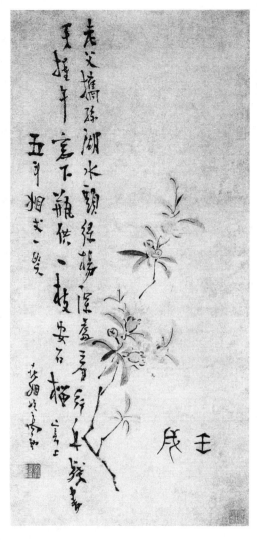

心头，竟也不知从何下笔，好不容易写下了短短一句，又或许只是短短的几个字——"寒到君边衣到无"：你那边天气转冷了吗？寄出的衣服是否收到？此不过一句简单的嘘寒问暖，与古诗中"努力加餐饭"的情感极为相似，语少情真，胜过千言万语。而就是这样几个字，已让她流下千行泪珠。

从开始的思远，到起风后的忧虑，最后到修书，充满了动态的美感，且用顶针手法，音调和谐，如走珠般圆滑流转，让整首诗充满了南朝民歌的神韵。情思悱恻又饱含自然的风雅，事极平易，情极质朴，缠绵深婉。

纵使阴阳两隔亦相念

杜牧《寄扬州韩绰判官》

青山隐隐水迢迢，秋尽江南①草未凋。

二十四桥明月夜，玉人何处教吹箫？

【注释】

①江南：南北朝时，南朝与北朝隔江对峙，因此称南朝及其统治下的地区为江南。"草未凋"一作"草木凋"。

世间令人感动的，唯有"情"字。友人情，爱人情，一草一木皆是情。悠悠不尽，绵绵不绝，故而，念起旧人，总免不了充盈着淡淡感伤。

又是一个秋日，原来，自与韩绰相别，又过了一载。身在江南，景柔绵，情亦缱绻。

远看，眉黛似的青山，于天际若隐若现，像是羞赧的女子，犹抱琵琶半遮面。桥下绿水依依，绵延悠々，像是撑着油纸伞的姑娘走在小巷中，带着轻轻浅浅的哀愁，却从未见悲伤。江南，或许便是这般吧，无论从哪一处落笔，荒凉或是繁华，皆有诗意。一步一景，一景一趣，一趣一味，尽是精致。故而，此时虽已过深秋，却从未见凋零。虽有一片叶子殒身于地，树木依旧青翠如初，风光依旧旖旎绰约。

最是置身于这般美景中，最易念起昔人。若是眼前风华能

与之共赏该是多好。一人独对，难免伤感与惋惜。"二十四桥明月夜，玉人何处教吹箫？"此时，诗人又站在当年为歌女赋诗的二十四桥上，不禁慨从中来，望着夜空，调侃韩绰：而今你又在哪里与体态轻盈、清婉媚好的歌姬相伴，听歌赏舞呢？有些亲昵，有些深情，故而情谊毕现。

　　古代之情，似比今人更浓。因惧日后分离，便在相处之时倍加珍惜。因隔了万水千山，便在深深的夜里，深深怀念。寄一封信，一片红叶，一句说笑，便权当见了面。时光清浅，故而情谊也纯粹透明。因干净明朗，故而经得起岁月变迁、桑田沧海，以至于后人再读此诗时，依旧如当事人那般，深觉绵丽悱恻。

　　那时的情谊一旦结下，便是一生。在时光流转之中，两人年岁渐长，唯有情愈加葱茏，纵使不见也无妨，纵使阴阳两隔亦相念。

卷三　谁不是把悲喜在尝

　　没有人会在意她脸上被岁月侵蚀的痕迹，亦没有人会懂得她那颗无处安放的寂寞芳心。只有歌儿伴着她，唯有思念守着她。

唯愿终身相携，不离不弃

王昌龄《闺怨》

闺中少妇不曾^①愁，春日凝妆上翠楼。

忽见陌头杨柳色，悔教夫婿觅封侯。

【注释】

①不曾：刘永济《唐人绝句精华》注："不曾"一作"不知"。作"不曾"与凝妆上楼，忽见春光，顿觉孤寂，因而引起懊悔之意，相贯而有力。

古时女子穷极一生也难有踏出闺阁罗帏之时，在那么小的天地中，只有日日夜夜企盼一个时时眷顾、时时疼惜的良人。良人者，所仰望而终身也。她们只是想寻得一心人，仰视他的面容，眺望他的背影，唯愿终身相携，不离不弃。

这就是女人的痴，终其一生也逃不脱的劫。这个世界是男人的，他们的内心永远有着对外面世界的蠢蠢欲动，又怎会被一张情网轻易网住了脚步？这世间便由此多了无数女子自闺阁中传出的悲声。

王昌龄的《闺怨》不过短短一首七绝，却写尽愁之深、怨之重。

她初为人妇，犹自天真，不知离愁别绪，平静地生活在闺阁中等待丈夫。这日，见春光大好，她便细心打扮，独自登上翠楼，远望见那陌头之上柳色青青，一片大好颜色，她的内心竟无端起了悲伤：唉，当初真不该让夫婿出外觅取封侯。

又过一年，柳枝又绿，丈夫犹未归。难道她今后就要这样独自看着自己生命中的青春流逝吗？她以为，她将自己全部的爱、最好的爱都给了他，洋洋洒洒。而在他看来却也不过尔耳，难以瞩目，不及封官晋爵带给他的荣耀。她一直懂他的心思，故而成全他的野心，正如刘若英唱的那样："很爱很爱你，所以愿意，舍得让你，往更多幸福的地方飞去。"只是，她当时没有想到，有一天她会思念得这么痛。

在命运的推动下，我们都会遇到很多人，爱上很多人，但是有些人不过是你的一个喷嚏，而有些人却注定是你生命中的癌症，无论你怨且怒，都逃不脱这病症所带来的痛和末路。

道观深处藏着红尘心

李冶《八至》

> 至近至远东西，至深至浅清溪。
> 至高至明日月，至亲至疏夫妻。

《唐才子传》记载，李冶六岁时，曾作"经时未架却，心绪乱纵横"诗。其父见后，认为"此女聪黠非常，恐为失行妇人"。于是便把她送到了玉真观出家。然而有些事情已是命中注定，在她六岁那年，就已一语成谶。

她虽自幼独居山上的清幽之处，但二八佳龄正是女子怀春的年纪，她自然也免不了对道观之外的世界充满好奇，对人间情爱满怀向往。她身处道观，一生却与名士朱放、茶圣陆羽、诗僧皎然有颇多瓜葛。但这位多情的方外人，却以清醒甚至有些冷漠的目光一语道破夫妻关系的尴尬，写下了发人深省的《八至》。

四句诗字字平淡，明白如话，没有一个晦涩的字眼，亦缺乏文学作品惯用的起承转合，深入浅出地把深刻的道理寄托在最常见的事物里，令人初读平淡，再读惊艳。

"至近至远东西"，东、西的方位是相对而言的，相隔万里的两地有东西之别，紧紧挨着的两物也有东西之分，故说东方、西方其实"至近至远"；"至深至浅清溪"，与江河湖海相比，溪流固然是浅的，但正因为清澈见底，再浅的溪水也能映出树木、高山，乃至深邃的天空，从这个角度来看，浅浅的溪流竟然又像是无底的；"至高至明日月"，日月的高不可及和明亮璀璨是最寻常的自然现象。

至此，诗人用了四分之三的笔墨来叙说自然中的寻常事。事实上，这六"至"都是为了引出最后一句，"至亲至疏夫妻"，此是全诗的点睛之笔，亦是理趣所在。夫妻是世界上最亲密的人际关系之一，除了肉体上的"至亲"，倘若两个人心灵相契，那么连灵魂都会紧密相连。假如夫妻二人同床异梦，那么即使形体上"至亲"，心灵上却疏远，这便是"至亲至疏"。

唐代才女李冶写下这样的诗行后，人们纷纷推断她一定曾经历尽沧桑，阅尽人生，故而才能于繁华绚烂的背后，抽出这样深刻的思想。她用极平淡的语言道尽了复杂的人性与人生，没有浓墨重彩的熏染，却含义隽永。

千古离思，都不过是一束月光

杜甫《月夜》

今夜鄜州①月，闺中只独看。

遥怜小儿女，未解忆长安。

香雾云鬟湿，清辉玉臂寒。

何时倚虚幌，双照泪痕干。

【注释】

①鄜（fū）州：今陕西省富县。当时杜甫正在长安，其家眷在鄜州羌村。

相思成诗，忧伤亦美。杜甫伫立风中，抬头望月，忍不住汪湿衣襟。啼哭无声，便让月光流淌成肺腑之言。孤身一人，思家急切，便触发了郁勃真切的离情别绪。他是性情中人，诗便也能渗彻人心，撩拨心底最柔软的地方。

《月夜》便是佐证。此诗，杜甫没有写自己困在长安的情景，而是穿越时空，想到此时正在鄜州的妻子。明月皎皎，她独自坐在闺中，想必也是在思念自己吧。可惜的是，那些不懂事的小儿女们，天真烂漫，根本不懂得惦记远在长安的父亲。夜深不能寐，只有妻子一个人孤独地望月。

"香雾云鬟湿，清辉玉臂寒"，王嗣奭《杜臆》认为此联"语丽情悲"，实为中肯。缓缓弥散的雾气渐渐打湿了她的云鬟，月亮的冷光也凉凉地撒在她的臂膀上。一轮月，两地情，何时能团聚，双双依偎在薄帐前，共赏天上的明月呢？到彼时便再也不用对月垂泪了。

诗作起笔，悄焉动容，神驰千里，只提被忆的一方，抒写角度的转换，使得辞旨婉切，更显出诗人对妻子的一往情深。全诗含蓄委婉，章法严密，语淡情深，甚是流畅清丽。

读懂全诗，更明了战乱的年代，唯有亲情最难释怀。

李白在《把酒问月》中说："今人不见古时月，今月曾经照古人。古人今人若流水，共看明月皆如此。"今天的人已经看不到古时候的明月，而今天的月亮却曾经照耀过古人。古人和今人逝者如斯，但那些曾经鲜活的生命，都曾对月感伤，望月怀远。千古离思，都不过是一束皎洁的月光。虽然历史的背景不断变换，但留在人们心中的情意相通无阻。

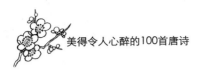
捧一杯浊酒，祭奠爱情

李益《写情》

水纹珍簟思悠悠，千里佳期一夕休。

从此无心爱良夜，任他明月下西楼。

世人总爱在窗前月下感怀自己的心情，追忆自己的过往。李益亦是如此。

千年之前的一个深夜，他静静地躺在细纹竹席之上，透过小窗，望向那深深的庭院。凤尾竹下的一湾碧水在盈盈的月光下荡漾，就像他对她的思念，从未平静。还记得离去的那天，互相许下的誓言，可如今千里相隔，那昔日的约定瞬间化作了泡影，在时光的微风中飘散，无踪无影，真可谓是"水纹珍簟思悠悠，千里佳期一夕休"。

他夜夜梦，所思所想尽是佳人的背影。当年与她相遇相知的一幕幕，犹如底片显影般，渐次清晰起来。和所有的爱情故事一样，李益与霍小玉的爱情发生得也是那样偶然。他们初次相遇是在长安城中的一个教坊之中，小玉的一曲《江南曲》如同天籁一般吹进了李益心底，在他内心深处的一泓清泉上荡起点点涟漪。才子佳人，花好月圆，这一段缘分在所有人看来都是上天的刻意安排。

世事无常，甜蜜的时光总是那样短暂。不久之后，李益就

被派遣到外地为官。他答应小玉，只要一切安排妥当，便回来迎娶她。久居教坊的小玉看惯了人情无常，自李益离开便再也没有展开过笑颜。直到李益将一段写有"明春三月，迎娶佳人；郑县团聚，永不分离"的素绫交到她手上之时，她那颗忐忑的心才稍微安定了一些。

然而，这只是一个终究会醒来的美梦而已。李益最终还是输给了世事，负了她。小玉在相思中形影消瘦，香消玉殒。失去后方知当初有多爱，如今有多痛。正是因为有这样刻骨铭心的感受，他才会有"从此无心爱良夜"的感叹吧。

时光荏苒，往事难追，再深刻的事情终有一天也会云淡风轻。听惯了世间的悲欢离合，倒不如在这个寂寞微凉的深夜，看着那一轮明月静静地沉落在那池边西楼柳梢之上，捧一杯浊酒，祭奠世间那些无果而终的爱情。

泪落沾裳，竟连梦也做不成

白居易《后宫词》

泪湿罗巾梦不成，夜深前殿按歌声。

红颜未老恩先断，斜倚熏笼坐到明。

　　她不过是宫中众多女子中的一个，一心企盼君王的到来，奈何这偌大的宫内还有三千颗同样的心在做同样的企盼。如若那位君王从未注意过她倒也好，她依然是那个天真不知愁的少女，虽然会寂寞到白头，却也自有属于自己的安然和自得。

　　现如今，因为那位君王的偶然兴起，她的世界全然被颠覆，她的心再也回不去当初的轻眉淡眼、无绪无波，然而她又没有足够的姿色或手腕让君王专宠她一人，最终只能够夜夜泪湿罗巾，辗转反侧难以成眠。

　　她于最好的年龄，却得不到最好的爱情，依熏笼独坐，望到天色微露初光也看不到等的人来。不论是妃嫔，还是寻常女子，身为女人的悲哀就是她总认定她的男人就是她的世界，却始终看不清，男人的世界不只有她。

　　此诗细腻地剖析了一个等待中的嫔妃的内心世界。夜来不寐，等候君王的到来。泪落沾裳，竟连梦也做不成。隐隐听到前殿的歌声，知晓君王与其他妃嫔寻欢作乐，更添烦忧。红颜命薄，容颜未老，君恩竟然已断，女人何其悲哀。决心要斜倚熏笼等天明，倾尽痴想等待君王，却仍不见君垂怜。全诗以自然浑成之语，传层层深入之情，语言明快而感情深沉。

想来，又何必入那深宫里、高墙内？若嫁与平凡男子，又岂会日日夜夜与这愁绪相对？一个帝王之于一个妃嫔，不过是偶尔分配过后的温暖，再甚者，就是永不再临的皇恩，这中间并没有一个男人之于一个女人的爱情。

倒不如那些寻常巷陌的寻常夫妻，连幸福也来得轻易。荆钗布裙，粗茶淡饭，纵使生活困顿无助，小儿顽劣不堪，至少他们有一起吃苦的幸福，她始终知道她的身后有一双手、一个肩膀给她扶持和鼓励，与她并肩遥望生活中的同一个远方。

嗒嗒的马蹄，终究是个错误

崔郊《赠去婢》

公子王孙逐后尘，绿珠垂泪滴罗巾。

侯门一入深如海，从此萧郎是路人。

唐末范摅所撰笔记《云溪友议》中记载了这样一个故事，元和年间秀才崔郊的姑母有一婢女，生得姿容秀丽，与崔郊互相爱恋，后却被卖给显贵于頔，崔郊念念不忘。一次寒食，婢女偶尔外出与崔郊邂逅，崔郊百感交集，写下了这首《赠去婢》。后来于頔读到此诗，便让崔郊把婢女领去，传为诗坛佳话。

阳光明媚的时日，崔郊也禁不住美景的诱惑，信步游走。繁花渐落，绿荫浓重，崔郊遇见了让自己呼吸瞬间急促的女子。她不倾国亦不倾城，但是在桃花树下轻嗅花香而后莞尔一笑，已经波动了他的心弦。

"公子王孙逐后尘"，足见这位入住她心房的女子是怎样美丽动人。然而，尘世太过短暂，还没来得及好好爱，就已经过了大半的时间，这让相爱的人如何不焦急。

像"绿珠"这样"美而艳，善吹笛"的女子，往往因容貌姣好，获得"公子王孙"的青睐，却也落得被劫夺的命运。宿命，冥冥之中自有天意，崔郊心中的婢女，已然成为被侯门紧紧关住的囚徒。"侯门一入深如海，从此萧郎是路人"，嗒嗒的马蹄，终究是个错误。如若知是这般凄怆，遇见，则不如不见。

《魂断蓝桥》中玛拉说过这样一句话："我只爱你一个人，现在是这样，以后也永远不会变。"但也许，等待时光苍老后，这样至爱的誓言，也会被岁月无情收回。

走得最快的总是好时光

元稹《遣悲怀三首》（其三）

闲坐悲君亦自悲，百年都是几多时！

邓攸无子寻知命，潘岳悼亡犹费词。

同穴窅冥^①何所望？他生缘会更难期！

惟将终夜长开眼，报答平生未展眉。

【注释】

①窅（yǎo）冥：幽暗的样子。

韦丛二十岁时，以太子少保千金的身份下嫁于元稹。婚后，元稹忙于应试，家中大小事务皆由韦丛一人周全，温柔体贴，从无怨怼。就这般，两人清然携手，共度了那许多清贫岁月。

走得最快的总是最好的时光。二十七岁时，韦丛便香消玉殒。她下葬时，元稹正因御史留东台而没能亲自送葬，这于他，怕是至深的遗憾。在元稹心中，韦丛独占最广阔的一角，让他深切思念却又无尽悲伤。

"闲坐悲君亦自悲，百年都是几多时！"空下来时，难免想到你，同时也想到我自己，世人所谓的人生百年到底有多长呢？你我携手七年，于我而言竟似一瞬，这难道是命运的安排？永嘉时人邓攸清和平简，贞正寡欲，逃避贼人时，为保

全亡弟之子，而将自己的儿子抛弃，以至于自己终身无子。晋人潘岳的诗作在钟嵘的《诗品》中被列为上品，他那三首《悼亡诗》写得尤其好，但是现在看来又有什么用呢，那人注定是听不到了。死者长已矣，而生者还要继续面对这尘世的满目疮痍，纵使步履维艰也要走下去。

"同穴窅冥何所望，他生缘会更难期！"你走后我方知晓，人间为何会有良辰美景不再的惆怅。唯有寄希望于死后与你同睡一个墓穴，待到来生也不会分开，你依然做我的妻子。而我曾许你的一世欢颜，从未兑现，然而，今生抓不住的，又如何能期待来生？我在今生也只能"惟将终夜长开眼，报答平生未展眉"，以你不知的方式静静偿还对你所有的亏欠。

以"悲"字统贯全诗，那份浓得化不开的愁，更是浓得化不开的爱。清代蘅塘退士云："古今悼亡诗充栋，终无能出此三首范围者。"想必这至深的情，配得上这至高的赞。

断肠人在天涯

张祜《宫词二首》（其一）

故国三千里，深宫二十年。

一声何满子，双泪落君前。

《宫词》又名《断肠词》，是唐诗中断肠之作的翘楚，亦是一份宫女悲惨生活的实录。张祜的诗作多为宫怨之作，其作品中充满了对身份卑微的宫女的同情与呐喊，与同时代的诗人相比，他所吟之物微不足道，然而，他的情怀大过天地。

在此首《宫词》中，张祜纪念的是一位宫女。据《全唐诗话》记载，唐武宗时，宫里有一孟才人，因有惑于武宗让其殉情之意，为奄奄一息的武宗唱了一曲《何满子》，唱毕，这位孟才人竟气绝身亡。

一首歌，竟有如此惊世骇俗的力量，能够穿越人的生死，或许是因为它引起了至精至诚的共鸣。就像电影《布达佩斯之恋》中那首闻名世界的钢琴曲《黑色星期天》一样，音符中充斥着浓到化不开的忧郁，像在如泣如诉地讲述一个哀伤的故事。听过的人便沉陷在痛苦的回忆里无法自拔，最后以自杀的方式来结束这场人生的悲剧，来祭奠那些被掩埋在真相底下的尘封往事。想来，这一首《何满子》也是如此。

《宫词》里，一个"三千里"，一个"二十年"，深刻地

黄金布地梵王家

白玉成林晓漱花

對酒不妨邀月墨

一枝清影写横斜

勾勒出了诗中宫人的身世。她年轻时从千里之外的家乡被选入宫禁，至今在深宫中已有数十载。每当她唱一曲《何满子》，就不觉对君王掉下眼泪来。一声悲歌，双泪齐落，此时她眼前浮现的应该是遥遥不可及的故乡，心中所想应是家中两鬓斑白的老父母吧。她的歌，是强颜欢歌，是有声的悲痛；她的泪，是笑中含泪，是无言的倾诉。没有人会在意她脸上被岁月侵蚀的痕迹，亦没有人会懂得她那颗无处安放的寂寞芳心。只有歌儿伴着她，唯有思念守着她。

希望是人间最大的悲剧
陈陶《陇西行》

誓扫匈奴不顾身，五千貂锦丧胡尘。

可怜无定河边骨，犹是春闺梦里人。

"梦中人，熟悉的脸孔，你是我守候的温柔。就算泪水淹没天地，我不会放手……"《神话》用这首歌曲演绎，真是再恰当不过。电影刻画的是一段凄美的爱情故事。一个现代考古学家总是梦到一个清丽脱俗的白衣女子，每每伸手，却触碰不到，夜夜惊醒，徒增惆怅。时空交错中，他前世原来竟是秦代将军蒙毅。他死在叛军之手后，深爱他的朝鲜公主却并不知情，在地下亡陵中不眠不休苦等千年。

陈陶诗中写的亦是这样一个等待与守候的故事。

唐军誓死杀敌，奋不顾身。然而，战场上血流成河，将士再也没有醒过来的机会。五千装备精良的羽林军就这样战死沙场，悲壮惨烈。"可怜无定河边骨，犹是春闺梦里人。"死去的将士们永永远远地离开了战场，离开了硝烟。然而，可曾想过，河边的累累白骨，依然是妻子春闺中深深思念的丈夫。若知道亲人逝去，固然伤心欲绝，但毕竟是一种告慰。而远在战场上的丈夫常年毫无音讯，早已变成无定河边的枯骨，而妻子却还在闺房中日日梳洗打扮，热心期盼着郎君早早

归来。或许，不知晓悲剧已成，仍怀希望，才是人间最大的悲剧吧。

　　诗作从起初的昂扬到转为哀伤，及至最后一句，思念之情如断肠草，令人不忍卒读。无情的战争与硝烟不知埋葬了多少人的青春与梦想。恰如江进之《雪涛小书》所云："若晚唐诗云：'可怜无定河边骨，犹是春闺梦里人'，则悲惨之甚，令人一字一泪，几不能读。诗之穷工极变，此亦足以观矣。"

　　恨此生，从此相逢只梦中。然而梦中是真是假，日日夜夜思念之人是否还在人世，又如何得知呢？原来，在沙场上拼杀是一种痛苦，对于等在家中盼归的至亲的人，更是一种精神灵魂的折磨。

倾尽所有，只为换一个回头

鱼玄机《赠邻女》

> 羞日遮罗袖，愁春懒起妆。
> 易求无价宝，难得有心郎。
> 枕上潜垂泪，花间暗断肠。
> 自能窥宋玉，何必恨王昌。

红颜让人爱亦让人怜。她们总是甘愿用以后的光阴，来换倾国倾城的容貌和一段段媚丽绵好的爱情。鱼玄机便是如此，命运许给她清婉的面容，亦赐给她辗转的温情，却以此为据拿去了她此后的生命。

生命枯萎之时，她眼中丝毫没有惧怕，有的只是对过往的留恋和怨恨。在这生与死交接的一瞬间，她似乎终于明白，她这一生之所以被宿孽纠缠，都只为她心中总有一段割舍不断的情愫，如果能有来世，她宁愿为一棵树、一枝花、一个平淡无奇的女子，心中无情，也就不会再有痛苦，再有羁绊。

曾与李亿花前月下，终究只是南柯一梦。她倾尽所有，只为换一个回头，却始终得不到点点回应。"羞日遮罗袖，愁春懒起妆"，这是一个愁绪满怀的春日午后，想起昨夜人静之时，她独自一人在枕上垂泪，就连庭院之中的花草也听到了她断肠的叹息。懒起之后的她根本无心再为自己梳妆，情人早已

弃自己而去，打扮得花容月貌又有何人欣赏。

"易求无价宝，难得有心郎"，虽说无价之宝难求，可是比起在茫茫人海中寻找一位对自己有心的男子，却是要容易许多。"自能窥宋玉，何必恨王昌"，既然你我有倾城之貌，又何愁没有像宋玉这样的风流才子登门造访，何苦为了一个负心人夜夜垂泪，暗自断肠。

鱼玄机提笔写下此诗，算是对自己过去的一种诀别。自此之后，她便开始放纵自己的人生，过上和以往截然不同的放荡生活，不久后便因为嫉妒杀人被处死。那一年，她只有二十六岁。

多情自古空余恨，有情终被无情伤。鱼玄机一生为情所误，从一位清纯可人的少年才女到一位委曲求全的豪门小妾，最终沦为痛苦绝望的放荡女子。她在爱情的折磨下一步步走向堕落的深渊，如同一颗划过天际的流星，虽只留下了刹那间的闪耀，却足以馨香千年。

种种烦恼皆由心生

李商隐《锦瑟》

锦瑟无端五十弦，一弦一柱思华年。

庄生晓梦迷蝴蝶，望帝①春心托杜鹃。

沧海月明珠有泪②，蓝田日暖玉生烟。

此情可待成追忆，只是当时已惘然。

【注释】

①望帝：相传蜀帝杜宇，号望帝，死后其魂化为子规，即杜鹃鸟。

②珠有泪：传说南海外有鲛人，其泪能成珠。

读李商隐的朦胧诗，就像是在霓虹灯影里漫步，不知不觉便会一头扎进其中，步入诗人早已设下的迷局，心甘情愿地沉醉不知归路。他往往不直接着笔描画当下的欢愉或是心碎，而是顾左右而言他，飘摇的笔调象是魔术师在光影绚烂的舞台上玩尽高超的戏法，轻而易举就将目眩神晕的观众引入时光的隧道，引入某一段吊诡的过往。故而有人说："一篇《锦瑟》解人难。"

"锦瑟无端五十弦，一弦一柱思华年"，填满李商隐深深的埋怨——锦瑟啊，你为何要有那么多弦。弦无法数清，但每

一弦、每一柱的抚弄都会引起诗人对往事的追忆。听着锦瑟的繁复琴音，不禁怅然往昔"华年"已逝，却唯有思忆不可言说。

庄周梦蝶，不知蝶是庄周，还是庄周是蝶。锦瑟一曲惊醒梦境，不堪再入梦，而那蝴蝶如同过往年华依然逝去。望帝死后化作杜鹃，暮春啼哭，至口中流血，其声哀怨、凄悲，宛如这锦瑟繁弦，声声哭诉难言的怨愤，终生的潦倒，何其孤独凄凉。

沧海中的珍珠只有在月明疏朗之夜，才能流下晶莹涕泪；蓝田里的美玉只有在旭日回暖之时，才会飘生如梦烟霞。追忆过去，尽管自己以一颗浸满血泪的真诚之心去追求美好的人生理想，但如玉的岁月、如珠的年华等闲而过。寥寥数语中，含情婉曲，表达出内心的愁苦失落。"此情可待成追忆，只是当时已惘然"，如此情怀，今朝追忆，迷惘之情溢于言表。

本来无一物，何处惹尘埃。滚滚红尘和种种烦恼皆由心生，然而这也许就是多情之人的宿命。李商隐若是泉下有知，不知道会不会站在谜题之外，嘲笑诸君仍然于梦境的"当时"跌跌撞撞，步履蹒跚。

卷四　人渺渺，青春鸟飞去了

　　枕着诗入眠，把岁月的风尘洗卸在诗人的笔墨中，把相遇与别离的喜与痛化为流水注入这方盛着光阴的砚台。饱蘸诗情，笔触浓淡，书罢了然。

万丈风尘，友人已走远

骆宾王《送郑少府入辽共赋侠客远从戎》

边烽警榆塞，侠客度桑干。
柳叶开银镝，桃花照玉鞍。
满月临弓影，连星入剑端。
不学燕丹客，空歌易水寒。

清人陈熙晋云："临海少年落魄，薄宦沉沦，始以贡疏被愆，继因草檄亡命。"此大致概括了骆宾王悲剧的一生。空有一腔才华，不被赏识，反一次又一次遭人陷害。他生来仿佛就是为了送别的，不仅仅送别友人，亦与自己别离。每一次送别，都似乎进了一个胡同，狭窄悠长，曲曲折折，进退不得。

这次，他送别的是即将远赴辽阳边塞的郑少府。

边疆之火已经点燃，战争即将拉开帷幕。箭在弦上不得不发，烽烟起时，侠客便穿好战袍，整顿好战马，跨越千山万水，渡过桑干河。此中并未见离别愁，只是用"榆塞"二字，化用秦朝大将蒙恬的经历，将郑少府的侠气干云、雷厉风行淋漓尽致地写出。

一杯浊酒饮尽，郑少府便跨上战马。只见他手握弯弓，银色的箭头能够射穿柳叶，策马疾驰，马鞍上的饰物被照得闪闪发光。他可以将弓拉得像十五的月亮一般，亦能将剑舞得像闪烁的星辰。满月临摹弓影，流星飞入剑鞘，世间的豪情，尽在此中。

策马扬起万丈风尘，友人已走远，骆宾王依旧站在原地静静地远望，心中默念："不学燕丹客，空歌易水寒。"你不要像战国时的荆轲一样无功而返，要在边疆洒尽你的赤胆忠肝，你的英勇豪武。

然而，这只是一厢情愿罢了。尽管友人在战场之上用尽一生的力量，终是奸佞当道。

送别，在河畔。他送别过去的自己，亦送别那些为国之殇、己之梦而甘心献身的忠魂。送别大抵是伤感的，然而，总有些送别，是为了告别过去，重新开始。

真正的友情不惧千山万水

王勃《送杜少府之任蜀川》

城阙辅三秦①，风烟望五津。

与君离别意，同是宦游人。

海内存知己，天涯若比邻。

无为在歧路，儿女共沾巾。

【注释】

①三秦：泛指当时长安附近的关中之地。古为秦国，秦亡后，项羽分其地为雍、塞、翟三国，故称"三秦"。

如若相知，千山万水便不再是相隔。即便是走至天涯海角，友人仍常驻心间。当王勃知晓杜少府即将出任蜀川时，并未哭哭啼啼，黯然销魂，而是以寥寥数语抚慰好友之心。

王勃拍拍友人肩膀，继而双手一挥，意气风发，说道：国都长安被辽阔的三秦之地所辅卫，尽显雄浑。自此地远望你将要前往的蜀川，烟波笼罩，一派浩渺。虽然路途茫茫，又有何妨呢？天山宏远，天下一体，行至何方，你都能将才华显露无遗。

诗人又继而倾诉衷肠，与你分别我的心中怀有无限的情义，你我都是远离故土，宦游他乡之人，这次离别不过是客中之别，宦海生涯，人人尽是如此。一个"同"字，将心比心，同处异乡，同为异乡人，到哪里不都是匆匆过客？何必留恋沿途的风景。

微微露出伤感之后，诗人便把笔锋一转，咏出千古名句"海内存知己，天涯若比邻"。四海之内有如此知心好友，就算天各一方亦如相邻而居。人生自古伤别离，文人雅士更愿在别时遣舒伤感，但诗人此时豁达以对：千里万里我们的情意尽在，知音者心心相印何必咫尺，真正的友情不惧千山万水之隔。

自古以来，提起别离都不免使人潸然泪下。南朝江淹更是在《别赋》中写尽各种各样的别离，每一首都有怨情充溢其中。而王勃一首《送杜少府之任蜀川》，让伤感之人哑口无言。

好诗皆情、境、艺三佳。情即感情，是诗的灵魂；境即境界，是诗的骨架；艺即表达的方式、技巧，是诗的血脉。该诗送别友人的情感极为浓郁，天涯咫尺的坦荡友谊尽显境界高远，精简洗练的语句又引人喜爱，自是一篇脍炙人口且为后人所师法的杰作。

一句祝福，胜过万语千言

王维《送元二使安西①》

渭城②朝雨浥轻尘，客舍青青柳色新。

劝君更尽一杯酒，西出阳关无故人。

【注释】

①安西：唐中央政府为统辖西域地区而设的安西都护府的简称，治所在龟兹城（今新疆库车）。

②渭城：秦都咸阳故城，在长安西北，渭水北岸。

王维是一位出色的画家。他擅长取景，一片叶子，一瓣小花，一场小雨，一所茅舍，经过诗人独到眼光的过滤，移至画纸之上，便别有风韵。如若再用点墨，在画纸旁题上一首小诗，此便成了一件经过精心设计的艺术品，无论从哪个侧面看，都可以看出诗人的匠心独运。

就连送别之时，也将愁绪漂去，只剩下一声声清清淡淡的祈祷与祝愿。

清晨之时，友人即将启程，天空淅淅沥沥下起了小雨。天街小雨润如酥，尘土被雨水浸得湿润。朝雨下得恰到好处，在刚刚好的时候便停了。此时，路面既无灰尘，亦不泥泞。大概雨也有情，在友人将要走的时候，特意为他铺展了一条轻尘不扬的小路。

客舍延伸至不见尽头的驿道，驿道两旁的柳树因朝雨的洒洗，而显得郁郁青青，青翠欲滴。也许，分别亦需要清新氛围的衬托，唯有如此才不至于湿了眼眶、脏了衣袖。诗人与友人并未折柳送别，只是静静地观望着随风招摇的柳枝轻轻扫过地面，画出一道又一道深深浅浅的弧线。

在送别的小酒馆中，诗人没有嘱托万千，寒时加衣之类的言语，只是频频举起酒杯，深深望着友人。离别在即，诗人最后一次举起酒杯：再干了这一杯吧，出了阳关后，身边便无朋友相伴。诗歌自此戛然而止，读者并不知晓，这浸透了诗人全部情谊的浊酒，诗人喝下后，是否喝出了两行清泪；因这酒，是否让友人稍稍停留了片刻。

是啊，前路漫漫，一人前行注定要备尝艰辛与寂寞。但若有温暖如绕指柔的情谊相随，孤寂又何妨。送别之时，并非叮咛嘱咐才显情深，并非泪流满面才算恋恋不舍。一句祝福，一句感谢，便已胜过万语千言。

就此分别，没有悲伤
李白《黄鹤楼送孟浩然之广陵》

故人西辞黄鹤楼，烟花三月下扬州。
孤帆远影碧空尽，唯见长江天际流。

扬州，一座古城，却承载了特有的沧桑与美丽。多少文人在这里不惜笔墨，挥洒出一篇又一篇绚烂的诗章。古朴清幽的老街深巷里，都有着诗人独具的浪漫。

在古人眼中，"同心为朋，同志为友"，只有志同道合、惺惺相惜的人才配做"朋友"。因为这严格的挑选标准，所以一旦相知，自然深情不渝。李白与孟浩然的交往便是如此而成为史上佳话。他们二人正当年轻快意，又各具才华，彼此欣赏而成了挚友。

繁华的时代、繁华的季节、繁华的地点，总会上演潇洒风流的场景，纵然是离别，也用醉人的诗意代替催人泪下的愁绪。李白得知孟浩然要去广陵，便相约于黄鹤楼。分别时正值开元盛世，且处在烟花三月、春意最浓的时候，李白由景即情，写下了此诗。

诗中，李白提到，孟浩然要去广陵了，自己看着他离开黄鹤楼，在这春光烂漫的三月乘船远行。他将去的地方是唯美的扬州，那里繁花似锦、绚丽如画，怎不让人羡慕呢？纵然二人就此分别，没有悲伤，唯有深深的艳羡与祝福。

浩荡的行船渐渐驶远，诗人却依旧静静地站在岸边望着友人离去的方向，直到船帆消失在云海蓝天之中，只剩下一望无际的滔滔江水滚滚流向天边。就像诗人舒婷在《双桅船》中写道："你在我的航程上，我在你的视线里。"朋友走后，用独站黄鹤楼，不忍离去的孤寂来衬托深厚的情意，笔下虽无半点离愁别绪，但那滔滔江水，恰如滚滚春愁，浩浩荡荡，奔流不息。

古人的友情多是简单纯粹的，交友的那一天起，便意味着永远，似乎冥冥中已经注定生来即是友。这样的情，没有掺假的成分，一荣俱荣，一损俱损。李白与孟浩然的友情，便是令人嘉奖赞叹的标本。

酒入愁肠，化成绵绵情意

李白《金陵①酒肆留别》

风吹柳花满店香，吴姬压酒②劝客尝。

金陵子弟来相送，欲行不行各尽觞。

请君试问东流水，别意与之谁短长？

【注释】

①金陵：今江苏省南京市。

②吴姬：吴地的青年女子，指酒店中的侍女。压酒：压糟取酒。古时新酒酿熟，临饮时方压糟取用。

送别，总免不了你侬我侬，执手相看泪眼，嘱咐万千。然而，李白思逸超群，送别之时，便也不忘踏歌畅饮。大概浪漫之人，总有浪漫的送别方式。就连分别之期，也要选在柳烟迷蒙、春风沉醉的江南三月。

唐玄宗开元十四年（726）春，李白将要前往扬州，友人为他饯行，会上便即兴作了此诗。

此时杨花飘絮，洋洋洒洒，仿佛天地间尽是身披乳白纱衣的美人。骀荡的春风阵阵吹来，将千万重杨花卷进客栈，诗人闻着花香闻着酒香，便走至江边的一个小店。当垆的姑娘，斟满刚刚压榨出来的美酒，劝客人杯杯品尝。美人似酒，酒如美人，酒客沉醉东风，将酒和着美人香，一饮而尽。柳絮纷飞的店中，真是一幅沁人心脾的春光春色图。

　　往往热闹繁华是冷落寂寥的前奏，有酒而饮，有红粉相劝，好一派热闹景象。而后，金陵的朋友纷纷来送行，热情如火，情意绵延，此景此景，谁愿意就此甩开衣袖，转身离去呢？唯有在走之前，你斟我酌，频频举杯，喝尽美酒。

　　不知是因这酒，才有了李白这醉意朦胧之诗，还是因首首浪漫之诗，李白才更愿意醉在酒中。于是乎，不管是喜是忧，是愁是乐，李白都用酒表达自己。清酒、烈酒、浊酒、得意或失意的酒，在李白的手里都能喝出一番况味。故而，酒酣情浓之际，便举起酒杯大声说："请你们问问这东流之水，和我们绵绵的别情相比，哪一个更长呢？"以此煞尾，哀而不伤。清人沈德潜在《唐诗别裁》中评此诗曰："语不必深，写情已足。"

　　离别本来是一件令人伤感的事，但酒入愁肠，也便化成了绵绵的情意，忧而不痛。在分别的刹那，伤感固然是人之常情，但能够控制自己的感情，隐而不发，反以笑脸相送，浪漫作别，这哀愁才算真的深婉到了心中。

山高路远，却也来日方长

高适《别董大二首》（其一）

千里黄云白日曛①，北风吹雁雪纷纷。

莫愁前路无知己，天下谁人不识君？

【注释】

①曛：夕阳西沉时的昏暗景色。

古人赋诗赠别，多是凄清缠绵、低回流连的作品，令人禁不住"泣涕零如雨"，执手相看，泪眼婆娑，更无语凝噎。但又有一种送别诗是发自肺腑，迎风而作的慷慨悲歌。在谈笑风生中离别：山高路远，却也来日方长。

高适的《别董大二首》便为唐代的诗歌、渭城风雨、灞桥柳涂上了一种豪放健美的色彩。

黄沙漫天，把白云也几乎染成了黄色。北风呼啸，群雁在大雪纷纷中向南而飞。极目远眺，茫茫千里黄云漂游。时值北方冬日，白雪纷纷，寒风呼啸，好像吹着大雁向南飞去。冬日暮雪，寒云归雁，这样的景象对于即将送别友人的漫游浪子来说显得更加凄凉。如此忧郁的天气里，高适即将告别董大。风雪长啸之中，即使没有困顿潦倒的遭遇也难免心生悲凉，何况诗人多年求仕失意，心中积郁。

　　但他仍鼓励董大说，不要担心前路茫茫没有知己，以你的才华和名气，天下哪有不认识你啊！气势浩荡，慰藉中充满着信心和力量。彼此是知音，言语质朴而豪爽，因其沦落，更以希望为慰藉。如此安慰朋友，对方也满载着祝福上路，这样的离别便冲淡了愁绪。"莫愁前路无知己，天下谁人不识君？"此句写别离而一扫缠绵幽怨的老调，雄壮豪迈，堪与王勃"海内存知己，天涯若比邻"的情境相媲美。

　　高适"多胸臆语，兼有气骨"，因其内心的郁积喷薄而出，故把临别的话说得如此体贴入微，遂人心怀。全诗抒情直白有力，情势跌宕。作为一首赠别之诗，其真挚的情感、慷慨的意气在同类诗作中别具风致，堪称佳作。

　　洒脱是唐人独有的，更是气质高昂志士独具的。一句"莫愁前路无知己，天下谁人不识君"，就将盛唐的雍容华贵、雄壮浑厚，满杯奉出。

半幅溪藤望漆一池
水墨濃酬莫訝疎香太
早東風已到江南
溪東外史汪壽

哪里有人烟，哪里就有离别
岑参《白雪歌送武判官归京》

北风卷地白草折，胡天八月即飞雪。

忽如一夜春风来，千树万树梨花开。

散入珠帘湿罗幕，狐裘不暖锦衾薄。

将军角弓不得控，都护铁衣冷难着。

瀚海阑干百丈冰，愁云惨淡万里凝。

中军置酒饮归客，胡琴琵琶与羌笛。

纷纷暮雪下辕门，风掣红旗冻不翻。

轮台①东门送君去，去时雪满天山路。

山回路转不见君，雪上空留马行处。

【注释】

①轮台：在今新疆维吾尔自治区米东区境内，唐朝时属庭州，隶北庭都护府。

唐诗里的离别之情一半给了伤感，一半给了豪迈。哪里有人烟，哪里就有离别，边塞亦是如此。而边塞的离别，因岑参的一支妙笔，多了些奇情。那一日，封常清奉命归京，岑参冒着风雪送好友回京，便写下此诗，如画出了一幅绝美的风雪离别图。

寒冷的北风铺天盖地而来，将原野上成片的百草吹刮弯伏。胡地天气变化无常，北风一吹，浓雪便纷纷乱乱地飘落下来。诗人眼见此景，不禁动容。

雪飘一夜，清晨之时，只见雪一簇簇铺陈大地，仿如春神一夜之间悄悄来临，梨花在千万枝头绽放。"忽如一夜春风来，千树万树梨花开"，仿佛是神来之笔，推出了一幅万树梨花一夕竞放的烂漫盛景图。

雪被风裹着无孔不入，卷进了珠帘，润湿了罗幕，钻进了衣服，砭人肌肤，以至于裘皮衣裳都已经不能保暖，丝锦做的被子更显得单薄难以御寒。将军的手被冻僵，连角弓都拿捏不住，都护的衣甲此时变得又沉又硬又凉，可是仍要穿戴上它借以暖身。浩瀚的边塞之地白雪连天，冰峦叠嶂，阴云遮蔽，景象惨淡，万里长天苍凉凝滞，压人欲摧。

在大雪铺地、天气奇寒之时，中军帐内岑参与封常清摆酒道别，将士们亦频频举杯，胡琴琵琶与羌笛演奏离别之曲，声声带情。送客送出军门，时已黄昏，又见大雪纷飞。暮雪卷进辕门，红旗在疾风中被刮得猎猎作响，仍傲然挺立。

酒干了，就要上路，送了一程又一程，大雪愈加紧了，就送到这里吧。看着友人孤单的背影渐渐被大雪淹没。"山回路转不见君，雪上空留马行处"，岑参为这依依惜别的场景添上了"壮士一去兮不复返"的悲壮与豪迈。

离别其实并不总需要眼泪。两个有着相同际遇的人，无须太多言语，分别甚至是一件让人踌躇满志的事情。

把岁月的风尘洗卸

李益《喜见外弟又言别》

> 十年离乱后，长大一相逢。
> 问姓惊初见，称名忆旧容。
> 别来沧海事，语罢暮天钟。
> 明日巴陵道，秋山又几重。

十年，血管里的血液由湍急到缓慢；十年，颠覆了沧海、复原了河山。诗人的血与泪、爱与恨都在这似水流年间悄然动容，无论怎样挽留都无法再回头。

唐朝的繁盛使诗人们的心态相对乐观，感慨时光的诗歌发展至大历年间，褪去了建安时期的那种无法摆脱的宿命感，取而代之的是相逢中寻旧梦，相聚中怅往事的情感。李益的这首诗亦是如此。

乱世的相逢更增添了历史的沉重，"十年"对应下文中的"沧海事"，弹指间世事已千般改变。相遇街头，已不能再凭容貌相认，交换姓名才恍然忆起曾经那么熟识的脸。这些许年间，多少事欲说还休，人生的苦辣酸甜均已尝遍。暮色降，月光寒，晚钟沉沉又该入眠。明日巴陵道上的尘与土还要继续沾染，过了秋山还有万重山。

本诗难能可贵之处在于诗人强烈的画面构图感，"问姓惊

初见，称名忆旧容"，好似看见一双兄弟从对面相逢不相识
到好似曾相识，到最后恍然相认的记录过程，而这组镜头的
导演正是这无情的时光，它将"沧桑事"填满了人生的一个
又一个十年。此诗情景与细节皆似曾经历一般，故而更易让人
感同身受，让人泣涕涟涟。

　　走过童年的巷口，依旧是早年的槐花香。树有年轮，人有
生命线，当掌心生出纠缠错落的纹路，谁还记得那其中的每一
条究竟是为谁而生。相逢时，微笑着说声"好久不见"；离别
时，挥手道声珍重，若再无相见，此生便是陌生人。不是你我
太无情，实在是相遇太早，敌不过流水，赛不过时间。

　　枕着诗入眠，把岁月的风尘洗卸在诗人的笔墨中，把相
遇与别离的喜与痛化为流水注入这方盛着光阴的砚台。饱蘸诗
情，笔触浓淡，书罢了然。

人生难得是欢聚

许浑《谢亭送别》

劳歌一曲解行舟，红叶青山水急流。

日暮酒醒人已远，满天风雨下西楼。

酒，在诗人眼中即是浪漫，相遇也罢，相离也好，浓浓淡淡的情谊，便在这酒中氤氲而开。如若欢愉，那便喝得大醉淋漓；如若哀愁，那便一人举杯，对影成三人。不知是酒为唐代诗情而生，还是缱绻诗情为酒而在，两者总是柜得益彰，相映成趣。

长亭、古道，酒楼、江畔，总是装点着一次次别离的盛宴，浪漫旖旎，让人不忍挥手作别。而许浑则单单用醉中的酣然一睡，就把离别中无语凝噎的尴尬场面错过。然而，这一醉总是要醒的，醒来之后，才发现朋友已经走远，满目山河，尽是惆怅之情。

劳劳亭，无限情，唱罢一曲便缆解舟行，将友人送走，不管春风是否把柳条遣青，纵然不舍又奈何。又是一个深秋，飒飒之风尽把枫叶染红，倒映在悠悠不尽的江水中，更显色彩纷繁。两岸青山相对出，相看两不厌。最是这般美景，更显别离之殇。清代王夫之云："以乐景写哀，以哀景写乐，以倍增其哀乐。""红叶青山水急流"正是这般匠心独运。

世人从未学会如何面对分离，却一次又一次别离。无奈之中，也只有在酒中沉醉，在酒中忘忧。将愁和着浊酒，一齐饮下，却不知愁更愁，忧更忧。诗人不胜酒力，微微醉了。友人也就没有推醒他，一人划着小船看着熟悉的地方，渐行渐远。

"日暮酒醒人已远，满天风雨下西楼"，等到酒醒之时，已是日暮时分。此时，天倏然间下起了小雨，淅淅沥沥。四下望去，烟云氤氲，雾气迷蒙，画船阁楼尽笼罩在一片沉沉墨色之中。而友人的船，已驶出千里，不见踪影，独留下酒醒后的诗人走下西楼，凄黯孤寂。

"天之涯，地之角，知交半零落。人生难得是欢聚，唯有别离多。"古今中外，所有的离别都逃不过"愁绪"二字。然而，斜阳、芳草，一壶浊酒、一曲离歌，唐代人以自己的情致、风俗，将本应难舍难分、肝肠寸断的场面，演绎得真实而又动人。

卷五　手心忽然长出纠缠的曲线

　　曾经年少过，故而每个人都会在似曾相识的风景前，于心底深处为失去的青春留一点柔软和惆怅。

没有谁能永远

刘希夷《代悲白头翁》（节选）

洛阳城东桃李花，飞来飞去落谁家？

洛阳女儿惜颜色，行逢落花长叹息。

今年落花颜色改，明年花开复谁在？

已见松柏摧为薪，更闻桑田变成海。

古人无复洛城东，今人还对落花风。

年年岁岁花相似，岁岁年年人不同。

寄言全盛红颜子，应怜半死白头翁。

此翁白头真可怜，伊昔红颜美少年。

　　时间如一条铁轨，漫无边际地铺展在每个人眼前。不管世人如何看待人生，珍惜抑或是浪费，它都如滔滔江水般一去不返，只得眼见年华老去。没有谁能永远朱颜皓齿，"人生韶华短"，早一步或是晚一步，每个人终究要步入白发苍苍之列。

　　初唐刘希夷的一首《代悲白头翁》，将落花与生命易逝、美人迟暮渐生关系，落花的飘零之感亦在唐诗中不觉凄美起来。

　　又是一年好春日，洛阳城东桃李花开，繁花似锦。然而诗人意不在此，偏偏想到落花飘零。花瓣飞来飞去，不知道都落在了谁家。一名美丽的少女坐于街旁，凝望满树的繁花被风吹落飘零，不禁潸然泪下。她感伤的是："今年花落颜色改，明年花开复谁在？"不仅仅感叹花的飘零，更慨叹春光易逝、年华不再。

今年落花，明年抽新枝、发新芽，不知道还有谁能在。沧海桑田，大自然的鬼斧神工还有什么不能改变吗？古人已经不会再经过洛阳城东了，而今天的人依然对着风中落花感慨。"松柏摧为薪""桑田变成海"，物是人非，一切终会改变。

"年年岁岁花相似，岁岁年年人不同"两句堪称经典。年年月月，花都是一样的开落；可是，月月年年，赏花的人却已然不同。落花逝去，还会再开；青春易谢，再不回来。青春的伤感，只剩下一声轻轻的叹息。活力旺盛的年轻人啊，莫要瞧不起这白头人。白头老翁确为可怜，当年他可是美少年。原来，这便是轮回的意义，人都将老去，任谁都不能抗拒。

庄子说，"人生天地之间，若白驹之过隙，忽然而已"，和浩渺的宇宙、无穷的时空相比，人的生命微小如一粒尘埃。但恰恰因为这份短暂，人们才能在悲欢离合的背后，感受到自然的博大与恒常，对生命的存在产生深深的敬畏。

对花流泪，人生短暂

张若虚《春江花月夜》（节选）

春江潮水连海平，海上明月共潮生。

滟滟随波千万里，何处春江无月明。

江流宛转绕芳甸，月照花林皆似霰。

空里流霜不觉飞，汀上白沙看不见。

江天一色无纤尘，皎皎空中孤月轮。

江畔何人初见月，江月何年初照人？

人生代代无穷已，江月年年只相似。

不知江月待何人，但见长江送流水。

"春江花月夜"，五字并排在一起便是人间盛景。闻一多先生称此诗为"诗中的诗，顶峰上的顶峰"，千百年来，无数后人为之倾倒。一生只留下两首诗的张若虚，亦因此诗而"孤篇横绝，竟为大家"。

诗人开篇即描绘了一幅温婉动人的春江花月夜图。浩瀚无垠的江潮，犹如和大海连在一起。一轮琥珀色的明月随着潮水的涌动渐渐升上天空，无垠的江潮滚滚奔涌向前，于月光的照耀下，更显气势宏伟。

皓月当空，照耀千万里，每一处春江水都在明月的笼罩之下。江水蜿蜒曲折地向前涌动，绕过花草丛生的芳草原野。撩人的月色倾泻在岸边的花树之上，仿佛撒了一层白雪。至此，春、江、花、月、夜，诗人已全部点到，随手一挥即把江月闪耀之下的夜景勾勒出来，真可谓是妙笔生花。银光薄雾缭绕之下，平凡之景亦立即披上梦幻的色彩。皎洁的月光之下，似乎感觉不到"流霜"飞舞，连同岸上的白沙也看不见了。

"江畔何人初见月，江月何年初照人？"宇宙无限，而人生短暂，此类主题难免使人悲伤。然而人类终究会世世代代无穷无尽地发展下去，人类的传承将与江潮明月永远共存。一轮明月之下，江潮无期无限又无声无息地在此翻涌，是在等着何人呢？然而这等待终是一场空，只见长江流水，绵延不绝，朝朝暮暮。

轮回的春天，流动的江水，花开花落是时光的见证，千古月光照耀着古今的人们，而清凉的夜色也陪衬了如水般的岁月和生活。在这"前有古人，后有来者"的历史长河中，每个人都"弱若微尘，短如一瞬"。

古今多少事，所有的惆怅，都不过是因为"盛年不再"。花开花落，年复一年，这江水、月色都依然清新如昨，但那些曾经对月长叹、对花流泪的诗人，却已经长存在历史的遗迹中。

享受生命中最绝艳的风景

无名氏《金缕衣》

劝君莫惜金缕衣，劝君须惜少年时。

有花堪折直须折，莫待无花空折枝。

女人的世界，是一扇一扇闭合的窗，是一层一层抽丝的茧。倘若有人悄然打开那扇扇窗，拨开那层层茧，他们会惊讶于窗外尽是莺歌燕舞，姹紫嫣红，而茧里尽是明珠琥珀。"有花堪折直须折，莫待无花空折枝"。在一生最华美的年岁中，有多少女人可以像杜秋娘这般以纤纤玉手尽折花叶，以鸿鹄之志尽显风采，不甘落寞，不甘沉寂，沿途享受生命中最绝艳的风景，沿途寻找生命中最精彩的过客。

想起杜秋娘，便想到她演唱的那首流传至今的成名作《金缕衣》。

"劝君莫惜""劝君须惜"，是是非非、对对错错；"金缕衣""年少时"，彼时此时、物欲与精神；"有花""无花"，喜与忧、福与祸；"直须折""空折枝"，果断勇敢、遗憾悔恨。此尽是显而易见之语，却因对比强烈，点醒了这世上许多人：不要相信得到的未必值得珍惜，得不到的才最值得拥有。

我劝你莫要在乎那华丽的金缕衣，我劝你还是要好好珍惜青春年少的光阴。花开的时候，不要犹豫，直接折下来便可以。不要等到花谢之后，徒然折下一段空枝。后两句诗颇有"人生得意须尽欢，莫使金樽空对月"的意味，不仅暗指人生要及时行乐，且上升到了生命的深度与广度。

美丽如杜秋娘，在于她历经世事后生命之感仍存于世人心中，摇曳的岁月在杜秋娘的笔下显得易逝而珍贵，花落无情在秋娘眼中更是要执着于生命的理由。

女人如水，能涤荡万千尘埃，亦有崩云裂石之状。柔而不弱，反能克刚，或许，这正是秋娘这般女子所具有的力量。

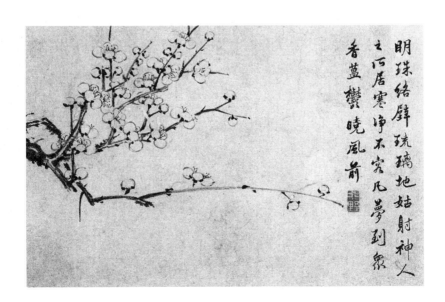

推杯换盏都是情

孟浩然《过故人庄》

故人具鸡黍，邀我至田家。

绿树村边合，青山郭外斜。

开轩面场圃，把酒话桑麻。

待到重阳日，还来就菊花。

在那遥远古老的乡村，口耳相传的都是故事，推杯换盏的都是宝贵的乡情。酒席未必丰盛，村舍也并不豪华，但就像孟浩然的诗中倾诉的一样，只要能够相聚，邻里间的默契便是心底涌起的最温暖的细流。

"故人具鸡黍，邀我至田家"，当老朋友准备好了饭菜，便邀请我到他们家做客，然后一起欣赏看过千遍仍然看不厌的家乡风景。朴实的农家坐落在青山绿树之中。整个村子犹如被绿树环抱，郊外的山上苍松翠柏，一片碧绿。打开窗子，映入眼帘的就是打谷场和菜园子，我和朋友边喝酒，边讨论着家长里短的琐事。宴罢归家，仍旧依依不舍，等到重阳节的时候，再到这里赏菊饮酒，倾诉人生的酸甜苦辣。

此诗写得很平淡，没有亭台楼阁的典雅，也没有奇花异草的神秘，甚至连山珍野味都没有，不过就是一些鸡肉与米饭。但就是在如此普通的农家小院里，孟浩然和自己的朋友开怀畅饮，聊着庄稼的收成、农村的生活。外面是菜园、谷场，或许还有小孩子在房前屋后跑来跑去、嬉笑欢闹。这是一幅普普通通的农家景象，但也正因为这份朴素而格外动情。

老朋友在一起，有时候常会翻些陈芝麻烂谷子的旧事。吃得好与坏、家的贫与贵并不重要，重要的只是"聚首"。多年的情谊就这样汩汩地流淌，在彼此的身上可以找到时间的倒影和剪影。小时候爬过的同一座山，蹚过的同一条河……在绵长

的光阴里，不断伸展的是田园的生活，也是岁月的快乐。故而，无论是去朋友家聚会，还是有朋友造访，都是一样的欢愉。

他是诗里不折不扣的浪漫

李白《南陵别儿童入京》

白酒新熟山中归，黄鸡啄黍秋正肥。
呼童烹鸡酌白酒，儿女嬉笑牵人衣。
高歌取醉欲自慰，起舞落日争光辉。
游说万乘苦不早，著鞭跨马涉远道。
会稽愚妇轻买臣，余亦辞家西入秦。
仰天大笑出门去，我辈岂是蓬蒿人。

一纸诏书，令李白何其潇洒，恍然间似乎能看到他挥笔泼墨的情形。他的才华终有了献给大唐的机会，恰如大鹰本就该属于广阔无垠的天空。四十二岁，他仍没有人到暮年的悲戚感，而是长啸冲天，秀口一吐，便是一首震天撼地的七绝——《南陵别儿童入京》。

白酒新熟，黄鸡啄黍，纷纷摆上酒桌。这番农家欢愉气氛自然引得儿女也开怀大笑。李白眉飞色舞，神情飞扬，大呼童子烹鸡酌酒，小儿小女嬉笑着牵着大人的衣服，颇具娇俏姿态。"高歌取醉欲自慰，起舞落日争光辉"，酒酣兴浓，高歌起舞，抽刀舞剑，剑光闪闪与落日争辉。或许诗人早已喝醉，或许不是酒醉，而是人自醉，醉倒在长安的繁华中，更醉倒在此刻的喜悦中。

　　大展宏图的机遇总会在恰当的时刻到来。李白不禁感叹，时间啊，再过得快一点吧，马儿啊，再跑得快一点吧。恨不得即刻越山越水，到达大殿之前，将自己的政治主张与倾世才华，与当今皇帝诉上一番。自信满满的人，难免轻狂，更何况这自信又得到了圣上的指令。那些曾经轻视我李白的人都和会稽愚妇一样，没想到吧，我李白今天也要辞别家乡入长安了。

　　酒入豪肠，三分醉意，七分奔放。昂首举杯，一饮而尽，一半喝下肚里，一半顺着脖颈留在衣襟上，顾不得擦拭，便转身大喊"仰天大笑出门去，我辈岂是蓬蒿人"，欣喜形态，何其自负。这似乎是李白一生最喜悦的时刻，旷达，志得意满，溢于言表。

　　此时的李白虽踌躇满志，一心想要施展其政治抱负，但他也同样于权贵面前不卑不亢。在"安能摧眉折腰事权贵，使我不得开心颜"的傲骨中，他把酒临风，用一个寺人独有的热情诠释着世态炎凉。他给后人留下的不仅仅是诗章，更是为理想而执着的倔强。他横空出世，是酒中的仙人，是诗里不折不扣的浪漫。

布衣暖，菜根香

杜甫《客至》

舍南舍北皆春水，但见群鸥日日来。

花径不曾缘客扫，蓬门①今始为君开。

盘飧②市远无兼味，樽酒家贫只旧醅③。

肯与邻翁相对饮，隔篱呼取尽余杯。

【注释】

①蓬门：蓬草编成的门，借指贫苦人家。

②盘飧（sūn）：盘盛食物的统称。

③醅（pēi）：没滤过的酒。

一首《客至》将邻里之间琐碎的情谊，书写到了诗歌里。

杜甫说，在我茅舍的南北两侧，都静静地流淌着春水，鸥群整日飞来飞去，环境幽雅静谧。我已经很长时间没有为来造访的客人清扫门前的花径了，上面落花无数。今天听说你要来，紧闭的柴门也将为你而打开。此处的诗句酣畅淋漓，挥洒自如。等朋友来后，又可见到杜甫频频劝酒，说自己家离菜市场太远，只能吃点简单的饭菜；买不起太昂贵的酒，所以只能喝点自己酿造的酒。虽无阔绰的招待，但盛情与愧疚，都显得十分纯朴。估计朋友也并不介意，所以酒酣处，竟然想到与邻居那个老翁对饮，隔着篱笆，高声呼唤邻居过来一起痛饮。"肯与邻翁相对饮，隔篱呼取尽余杯"，诗作至此戛然而止，虽然没有写到后来的欢闹，但料定一定比杜甫停笔处更为热烈。而邻里乡情也在其中得到了充分的展现。

"街坊邻居"不仅是历史留下的一页书签，"远亲不如近邻，近邻不如对门"也不仅仅是一句古老的谚语，时间带走了太多美好的时光，我们再不能允许它带走青山绿树的陪伴、落花满园的情致，更不允许它再带走那种隔着篱笆招呼邻居饮酒的乐趣。邻居，不仅仅是一种称谓，更是我们尘世中舍不掉的情谊。能够像南方乡村中的人们那样，因袭古风，守着人类最初的生存状态，静静地听大人们酒酣时回顾当年的雄壮，也是一种无比的幸福。

今天，人们虽不用再体验"布衣暖，菜根香"的艰苦生活，也不用吃杜甫所说的粗米糙饭。但能够在这样朴素的生活理念下，守住自己对人对事的一片真诚，也算没有愧对有滋有味的人生吧。

人生太短，叹息太长

杜甫《九日蓝田崔氏庄》

老去悲秋强自宽，兴来今日尽君欢。

羞将短发还吹帽，笑倩①旁人为正冠。

蓝水远从千涧落，玉山高并两峰寒。

明年此会知谁健？醉把茱萸②仔细看。

【注释】

①倩：请别人帮自己做。

②茱萸：古代风俗，九月初九日，佩茱萸（植物名，有浓香）囊可以驱邪避恶，益寿延年。

光阴一缕缕被抽走，日历一页页被撕下，不知不觉便已来到生命之边缘。年老之时，更易对秋景生悲。又是秋叶飘落的时节，此前的日子一去不复返，此后的日子所剩无几，念及于此，怎不使人悲叹。时光匆匆，世人无可奈何，唯有恨与愁罢了。杜甫说，他已经老了，悲秋的愁绪也更加浓厚。不过正赶上重阳日，因此勉强宽慰自己，一时兴起，便下定决心定要与众人尽欢而散。

杜甫用"孟嘉落帽"之典故，感叹年岁渐长。人至老年，毛发甚稀，因此生怕风吹落帽子露出萧萧短发。担心的反倒成为事实，一阵风吹来，杜甫帽子一歪，露出稀疏的短发，羞愧之余，忙请旁边的人帮自己整理帽冠。诗中之"笑"，难免带有勉强与窘迫意味。正应了宋代杨万里所言："孟嘉以落帽为风流，此以不落帽为风流，翻尽古人公案，最为妙法。"

抬眼望去，蓝天之水，在远处奔泻；玉山之峰，携着高处的轻寒。山高水阔，壮怀激烈，不免感叹人世的短暂。此时，唯有酒能解忧愁，或许，不是为了吃醉，而是在酒乡中躲一躲世间的蹉跎与苦楚。老人趁着醉意把玩茱萸，默默不语，他心中自问，不知道明年这个时候在席之人还有几人健在呢？在问句中戛然而止，不免使人心惊，人生太短，却常常叹息太长，哪一刻才值得为之驻足呢。

光阴从来都是趾高气扬地走向亘古，过去的永不回头，曾经的日子，只在记忆中美好。曾经年少过，故而每个人都会在似曾相识的风景前，于心底深处为失去的青春留一点柔软和惆怅。

世事茫茫，隔水又隔山

韦应物《淮上喜会梁州故人》

江汉曾为客，相逢每醉还。

浮云一别后，流水十年间。

欢笑情如旧，萧疏鬓已斑。

何因不归去？淮上有秋山。

韶光溅落，岁月在沉默中隐去曾经的体态。转眼间，世事已沧海桑田。多少诗人在岁月的缠绕中白了头，相逢相知一笑而过，都只因流年如阳光下树叶的倒影，斑驳错落。

许是目睹过繁华才会明白凋零的意义。韦应物的一生就经历了这冰火两重的煎熬和考验，故知流年终可拨散亲情和聚首。在战乱年代，活着的时光都是被赋予的，每一天都是生命给的恩赐。流水的年头，冲淡了诗人心中如诗如画的岁月，剩下的，只是对岁月无情的感叹。

诗人说：像九月的云和六月的雨，说不定哪天又在雾里相见，谁知这一别竟像行云流水。阔别十年，再相见，手仍旧那般温热，语笑嫣然。忽然间发现，自己和故人都已龙钟老态，发疏鬓斑。没有久别重逢的欢喜，反而是岁月蹉跎让人空叹，诗人收放自若的情绪让人折服。

绘画艺术中有所谓"密不通风，疏可走马"之说，诗亦

如此。此诗前两句不过是相逢的背景，"流水十年间"以流水喻岁月如流的飞逝之感，仿佛置身在这相逢的画面不忍切换。此二句，时间最长，空间最短，人事最繁。自然之水是无情之水，而情谊之水却不可无情，纵使浮云承载的是悠悠离情，绵绵的流水仍是阻隔不断。

"欢笑"还未来得及，"萧疏"又硬生生将岁月的残忍拉回眼前：情如旧，鬓已斑。不归去的缘由是"淮上有秋山"。身在中唐的韦应物收敛了盛唐诗人的盲目乐观，"秋山"的存在打破了沉浸于岁月流逝的伤怀之中，使刚刚的失落之感稍有回旋。

仿佛还是昨天，可是昨天已非常遥远。记忆中的那个人还是明眸皓齿，柳眉朱唇，奈何时光太匆忙，还未来得及促膝长谈，就已时过境迁。是怎样的世事茫茫，让诗人和世事都这般，断了水，又隔了山。

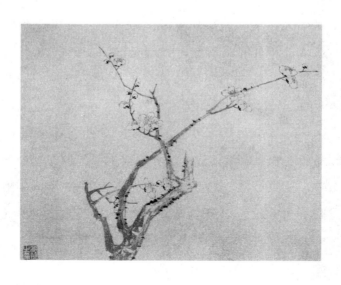

无可奈何花落去

罗隐《赠妓云英》

> 钟陵醉别十余春，重见云英掌上身。
> 我未成名君未嫁，可能俱是不如人？

　　于时光的穿梭中，最难能可贵的便是人世间那份相知。经历人世沧桑，再次相逢，唯有双双叹息过去时光留下的痕迹。

　　与大多风流文士、妩媚歌姬一样，在烟花三月，罗隐与云英于钟陵偶然相遇。情郎才俊、美人多情，他读到她的眉眼，如平静的春湖，泛起圈圈涟漪；她嗅到他的温度，如琥珀色的月华，缠绕周身。然而，天地广阔，他们匆匆穿越人海。他怀了满腔志愿求取仕途，而她也只能在这烟尘之地，赔笑一生。

　　不知是命运垂怜，还是宿命作怪。十二载之后，当罗隐再次像十二年之前那般走过钟陵之时，又上演了似曾相识的一幕相遇。所不同的是，罗隐已从英姿勃发变为一介暮年布衣，云英亦是隶名乐籍，未脱风尘。才子仍未中举，美人已迟暮，此情此景，令罗隐不胜唏嘘。更不料云英一见面却惊诧道："怎么罗秀才还是布衣？"一语触动罗隐伤心事。面对此尴尬境遇，罗隐默默无言，只得作一诗送给云英。此诗便是《赠妓云英》。

　　从那时醉别到如今，已有十几年。重逢之时，云英虽依然风姿绰约、舞姿翩跹、体态轻盈，却也终究已被岁月抹去了风华，她依旧无所依靠，凭姿色歌声打捞日子。而罗隐虽满腹经纶，却屡试不第；空有一腔热血，却报国无门；才华横溢，终究无人赏识。至今为止，你未能嫁人，我未得功名，想想看，可能终是我们都不如别人之缘故吧。

　　罗隐写此诗，与其说是讽刺云英，不如说是自我解嘲，带着微笑、泪水，和多年来的坎坷与辛酸。无可奈何花落去，所有的奋斗都化为一场"镜花水月"。

　　梦想如闭合的一条曲线，走了一圈，发现始终在原地踏步。其中的伤感、抑郁、悲愤，都不是三言两语能诉说尽的。

卷六　四季流转，不畏冷暖

世界这样宽广，天空如此高远，世人都在山脚下，如若想看看这繁华的世间，何不站得高一点，再高一点……

生命，如夏花般绚烂

王勃《滕王阁诗》

滕王高阁临江渚，佩玉鸣鸾罢歌舞。

画栋朝飞南浦云，珠帘暮卷西山雨。

闲云潭影日悠悠，物换星移几度秋。

阁中帝子今何在？槛外长江空自流。

滕王阁矗立在赣江岸边，号称江南第一阁，登上此地，可以俯视，亦可以远望。想当年，滕王阁刚建成之时，滕王挂着琳琅的玉佩，坐着鸾铃马车去阁上宴歌行乐，极尽豪奢，而今竟一切成虚，一去不复返。

滕王阁接空揽云、瑰秀华丽。阁的画栋上在朝霞的映照中飞进了南浦的云，珠帘在暮色晚照里卷进了西山的雨。朝云染彩、暮雨披虹，极尽天光之美，高高的阁亭与天光云影交融，自然美不胜收。然而，时光朝朝暮暮无情飞度，纵然美景再美，滕王阁终究寂寞无人伴。

云朵自由自在地在天空中飘游，倒映在潭水里隐约浮动更显悠闲，时光却也在这悠悠中匆匆流逝；世事交替，星移斗转，季节年华在不知不觉中变换。"闲云潭影日悠悠，物换星移几度秋"，"云"属天上，"潭"属地上，一上一下，自然是空间之景，"日悠悠"三字，于空间中引进时间，时日漫长，经年累月，世事沧桑，真让人无限感慨。此情此景，不免让人做一声常常的慨叹。当年建造这雄伟秀丽高阁的滕王如今在哪儿呢？展望栏杆以外，长长的江水兀自默默向东流去。

此诗将阁、江、栋、云、雨、山、浦、潭、日、物、星、秋等诸多物、事、景糅合在一起，构成了行云流水般的句子和诗韵，意境美和韵律美适宜结合，如悠扬苍远的行歌。诗人以弱冠之年，竟写出如此苍古美韵的诗章，堪称诗史上的奇例。无怪乎明人胡应麟在《诗薮》中云："初唐短歌，子安《滕王阁》为冠。"

世有红颜薄命之说，大概才子亦是如此。写完此诗后，王勃离开南昌，继续寻父之旅，却不料一场风浪席卷了王勃所乘坐的小舟，舟毁人亡。王勃就这般结束了自己短暂如夏花般绚烂的二十七岁的生命。

婀娜的倩影惹人怜

贺知章《咏柳》

碧玉妆成一树高，万条垂下绿丝绦。

不知细叶谁裁出，二月春风似剪刀。

柳或许生来就是美人的化身，它轻盈、婆娑，风姿绰约。春来萌绿，枝柔叶媚，淡淡似雾的柳鹅黄与春风一起送来丝丝暖意。自古以杨柳为题材的诗歌琳琅万千，贺知章这首《咏柳》却一枝独秀，成为千古传颂的佳作。

早春二月，柳芽初绽，轻罗笼烟，新柳的枝叶青润可人，莹莹如玉，仿若美人，高高的树干是她亭亭玉立的风姿，温润青雅的枝叶是她玉体的化身。

万千柔软的枝条垂下，浓稠细密，荡漾撩人，披在高挺的树身上，就如少女的裙裹着挺拔的身姿。此时，于诗人眼中，柳即是人，人即是柳，诗句的字里行间，晃动着腰肢婀娜的倩影，绰约多姿、羞赧妩媚、惹人怜爱。

柳叶是单叶互生，叶片狭长，状如少女之黛眉，用"芙蓉如面柳如眉"来形容，最是恰当不过。诗人兴许是因美人太美，不觉中动了心，便情不自禁发问，是谁这么了不起，一夜之间竟做出了如此繁多无数而又精巧细致的嫩叶？原来是二月里如剪刀般的春风偷偷剪裁的。

　　"二月春风似剪刀"此句的无穷魅力，还在于它不但咏了柳，还尽情地歌颂了春风：春风是有形的，它的形在绿柳依依荡漾间，在如少女蒙眬睡眼般的细叶间；春风是有情的，它又"裁"又"剪"地辛勤劳作和为人做嫁衣的精神足见其情深义重；春风是巧慧的，它会悄悄裁剪出颜色、样式、大小、纹理都几乎一模一样的新叶，在第二天一早给人以惊喜。清黄周星《唐诗快》评云"尖巧语，却非有雕琢而得"，此句之绝实至名归。

　　柳，二月初绽嫩芽，以美人独具的风流惹人爱怜；六月满城飘絮，纷纷扬扬，又赐给世间丝丝缕缕的朦胧美感。或许它本来就是为美而生的。

唯有登高，才能望远
王之涣《登鹳雀楼》

白日依山尽，黄河入海流。
欲穷千里目，更上一层楼。

《登鹳雀楼》历来被认为是"登高"诗中的绝唱，更有评论说堪称"独步千古"。短短一首诗，区区二十个字，便将一座黄鹤楼写得如此鲜活，将世间万物、一个诗人的才华与气度通通囊进一张小小的纸中。

这是一首极简单的小诗，朗朗上口，不晦涩，不婉曲。诗人的睿智与懵懂在这里碰撞，山河的动与静在这里熠熠生辉，天地的肃穆与汹涌在这里汇集，无须浓墨重彩，这个世界本就是这样朴素而豪迈。

一轮落日向着一望无际、巍峨起伏的群山沉沉而下，渐渐消失在视野的尽头，冉冉而没。流经楼前的黄河奔腾咆哮，滚滚南来，而后跳跃着层叠卷向暮色渐近的天边。"白日依山尽，黄河入海流"，一"尽"一"流"形成对照，一是日落的瞬间，一是黄河汹涌澎湃的气势，令人感叹这寥寥十个字中蕴含的大自然的勃勃生机。

"欲穷千里目，更上一层楼"，唯有登高，才能望远，才能看到更辽阔的景色。这是观赏风光的道理，也是人生意境的哲思。古人登高，不仅登山，也登楼、登台，一切可以令自己目光更开阔、胸襟更豁达的地方，都要去攀登。生于盛唐，登高远望的诗人除了感慨时代沧桑，更多的还是内心不断涌起的对未来的期望。世界这样宽广，天空如此高远，若想看看这繁华的世间，何不站得高一点，再高一点……

你的心明亮，世界就明亮
杜甫《江畔独步寻花七绝句》（其六）

黄四娘①家花满蹊，千朵万朵压枝低。

留连戏蝶时时舞，自在娇莺恰恰啼。

【注释】

①娘：唐代习惯上对妇女的美称。

　　昨夜一阵春风，吹醒了沉睡中的花朵。清晨之时，漫步于黄四娘家的小路上，仿佛置身于花的海洋。"黄四娘家花满蹊"，"花"字紧扣主题，一个"满"字，既有枝繁叶茂的静态美，又表现出春意盎然的动态美，动静结合，一派勃勃生机。

　　花朵争奇斗艳、旖旎可人，千朵万朵，将枝条压得低下头来。仿佛有铺天盖地的花团互相拥挤、互相推搡着汇聚到了诗人眼前，令人目不暇接。诗人妙笔生花，景色宛如历历在目。"千朵万朵压枝低"，念及此句，便生发出一种唇齿相依、喁喁自语的咀嚼感，惟妙惟肖地传达出看花人为美景陶醉、惊喜连连之感。

　　更可喜的是，花瓣上长满流连忘返的彩蝶，它们围绕着花枝翩翩起舞。凑近了细细看时，舞蝶亦会离开花枝，驻足于游人指间，惹得引蝶之人发出阵阵笑语。微风旖旎着来到身边，

空气中便散发出阵阵花香，甜而不腻，恰到好处。还有那声声啼叫的黄莺，于花蹊间跳来跳去，一副悠然自得的神态。

"留连戏蝶时时舞，自在娇莺恰恰啼"，此二句既妙在形象，又妙在声音，还妙在韵律，画面美与声音美交相辉映，再辅以节奏的明丽愉快，把蝶舞莺啼的春景谱写得灵动飞扬，韵致十足。

杜甫的大部分诗歌，都凝结着浓重的哀愁，故而后世常觉得他"苦大仇深"。倒是这首小诗，笔调轻快流畅，一洗往日的愁怨，春天的喜悦在字里行间不断迸发。

在颠沛流离之时，杜甫也曾遇见过这般春日，然而笔下之诗不如此诗明朗欢愉。故而，对于风景的感受，有时不在于景色，而在于内心。正如林清玄先生所说，"重要的是你的心，你的心广大，书房就广大了；你的心明亮，世界就明亮了。你的心如窗，就看见了世界；你的心如镜，就观照了自我。"

时间无情，只剩叹息

杜甫《江南逢李龟年》

岐王宅里寻常见，崔九堂前几度闻。

正是江南好风景，落花时节又逢君。

初相逢时，是一个繁花似锦的盛世。李龟年才学盛名，能歌，尤妙制《渭川》。杜甫舞文弄墨，才华早著。二人的互相赏识，彼此钦慕，令当时那丝绸锦绣般的时代也染上了浪漫的情调。

时隔多年，又是一季开花时节，然而流年不利，几十年的光阴，足以让一个朝代从鼎盛跌至谷底。杜甫已辗转漂泊到潭州，而李龟年也流落江南，处境悲凉。此种情景下的相逢，难免会触发诗人无限的沧桑之感。李龟年为杜甫唱了一曲从前的歌，声声带情，牵扯着从前绚丽的回忆，令人生生发疼。年老的杜甫再也无须害羞，哭泣顾不得遮掩，任凭泪水湿了胡须湿了衣衫。当与故人重逢，除了执手相看泪眼，彼此叹息，似乎别无他法。

一切成过眼云烟，抚今怀昔，不免有良多感慨。感念李龟年的歌，一首《江南逢李龟年》便呼之欲出。无须雕琢，不必炼字，一切都是这样自然。这是发自内心深处的声音，仿佛这首诗早在杜甫会作诗的那一瞬，便已存在。

最是那一句"正是江南好风景，落花时节又逢君"流传了千年，至今读来，不胜唏嘘。江南好风景，落英又缤纷，可

是时世乱离、身世沉沦，这何曾不是一种赤裸裸的讽刺。泪眼相向，识得出彼此脸上时代铸就的憔悴。时间无情，曾经的开元全盛已成为历史陈迹。感慨再深，也只得在"落花时节又逢君"中黯然煞尾，但语收情长流，诗人没写其后如何，但绵绵不尽的叹息已翻云覆雨，汹涌而来。清孙洙在《唐诗三百首》中云："世运之治乱，华年之盛衰，彼此之凄凉流落，俱在其中。"的确是十分精准。

朦胧中，窗外又落花，但杜甫耳边想起了当年在岐王宅里、崔九堂前李龟年唱的那首《长生殿》："唱不尽兴亡梦幻，弹不尽悲伤感叹，凄凉满眼对江山……"原来，现实留在了纸上，而梦想只能用来怀念。

山村雨中，终了一生
王建《雨过山村》

雨里鸡鸣一两家，竹溪村路板桥斜。

妇姑相唤浴蚕去，闲着中庭栀子花。

山水田园诗向来佳作颇多，但如若不是读到王建的《雨过山村》，恐怕不知晓诗情画意竟可以和农村的劳动气息熨帖得如此天衣无缝。此诗以田家、蚕妇入诗，将一幅清新隽永、有声有色的民俗风情画徐徐铺展开来，令人玩味不尽。

淅淅沥沥的小雨不停落下，僻静的山村里间或传来一两声鸡鸣。行走在狭窄的乡间小路上，一旁有蜿蜒而过的潺潺小溪，另一旁有茂密青翠的竹林，在淋漓的小雨中，溪上泛着圈圈涟漪，竹林传来声声竹韵，让人不知不觉沉醉其中，停留在一座木板桥前，久久不肯移步。"雨里鸡鸣一两家，竹溪村路板桥斜"，正因鸡鸣只有"一两家"，才更显山村宁谧雅静，如若是群鸡和鸣，恐怕便有聒噪之嫌了。竹林、溪流、村路、板桥，都着一"斜"字，又给静态之村增添了一笔灵动。山村雨中，尽是这般精致小景，无怪乎诗人要远离污浊之地，来此终了一生。

仲春时节，婆婆和媳妇互相召唤着一起冒雨浴蚕，没有对劳作艰辛的怨怒，亦无对生活不易的嗔怪，在滴滴答答的小

雨中浸染着诗意。最妙的是末句"闲着中庭栀子花"，以花之"闲"衬托人之"忙"，男女老少都在田间、山上忙碌着，即使人在家中，也进进出出不得空闲。院中的栀子花已然到了花季，白莹莹的花瓣散发出浓郁却不腻甜的香味，混合着风，掺杂着雨，犹如一幅不可模拟的水墨画，浓淡相宜。而这般旖旎美景，却无人驻足，无人欣赏，只得自开自落。

此诗先以实物入镜，又以声衬静，动静结合，勾勒出了雨后山村自然静谧的风景，随后以人入镜，展现出人忙花闲的农村风貌，清新喜人，富含生活情趣。正如清沈德潜于《唐诗别裁集》中云："心思之巧，辞句之秀，最易启人聪颖。"

秋天就是天高地阔的雄壮
刘禹锡《秋词二首》（其一）

自古逢秋悲寂寥，我言秋日胜春朝。

晴空一鹤排云上，便引诗情到碧霄。

"怕逢秋，怕逢秋，一入秋来满是愁。"世故人情，人走茶凉，都在这份落寞中徒增绝望。然而，唐代诗人对于秋天的感情，似乎都是清凉、爽利的，好像唐代的秋天从不拖泥带水，而是干净、利落的。

刘禹锡的《秋词》更是一扫秋的凄楚，历来被看作一反前人悲秋落寞情怀的昂扬赞歌。一句"自古逢秋悲寂寥"道尽了千古文人的悲秋情结，而在刘禹锡看来，秋高气爽的天气，似乎比春天还要给人以鼓舞。晴空之上，一只展翅高飞的鹤冲天而上，排云的斗志激励了诗人，将他的诗情倏忽间便引到了碧霄之上，瞬间便把原本悲凉的秋转为高亢的秋。"一鹤"虽略显寂寞，却胜在意志顽强，其通达的态度、乐观的精神，令刘禹锡的诗从所有吟诵秋天的苦恼中解脱出来，想到秋天的辽阔、壮美，便会不自觉地吟诵起他的这首诗。

在刘禹锡的眼中，秋天就是天高地阔的雄壮。除此首描写神清气爽的秋韵，另有一首描写秋色的诗。

山明水净夜来霜，数树深红出浅黄。

试上高楼清入骨，岂如春色嗾人狂。

　　明朗的山，纯净的水，夜里的霜，都如此清透、洁净。树木上那些花朵也开始渐渐透出浅黄。试着登上高楼，清气入骨，哪里像春色那样撩人情思，引人发狂。秋日的山明、水净、叶红，凄洁又不乏色彩，寂寞中又有热闹，在这清澈入骨的秋色中，诗人整颗心都得以沉淀和升华，只剩下满腹肃然与深沉之色，岂是繁闹的春色可以相比。刘禹锡将春和秋放在一起对比，写出了秋天的朴素、爽朗与纯净。《秋词》其一，志向远大，如一鹤冲天；其二，心地高洁，如明山净水。

　　唐诗中，竟连秋日都这般张扬，正如刘禹锡所言，"秋日胜春朝"。

沉醉不知归路

白居易《暮江吟》

一道残阳铺水中，半江瑟瑟①半江红。
可怜九月初三夜，露似真珠②月似弓。

【注释】

①瑟瑟：深碧色。

②真珠：珍珠。

白居易在赴任杭州刺史途中，一日傍晚之时，百无聊赖，便放下书卷，走出庭院，来至距家仅几步之遥的江河边。

或许出门之前的几杯酒醉了眼前之景，扣或者这本就是大自然的本色出演，眼之所触，尽是一片迷迷蒙蒙的浪漫玫瑰色，无怪乎诗人将昏暗的朝政撇于脑后，一心一意沉醉在夕阳的氤氲之气中。

广阔的江面上夕阳的余晖洋洋洒洒地铺展开来，像是诗人的墨笔淋漓渲染，又像是天空中的繁星点点。比时风亦屏住呼吸，静静地游走，江水缓缓流淌，江面上便泛起细细涟漪。江水在夕阳映照之下，光影迷离，远远看去光线佳处显现红色，受光少处则显出深沉碧色。诗人已在不觉中沉醉，喜悦之情在景中显露无遗。

　　"一道残阳铺水中，半江瑟瑟半江红"，这不仅仅是一场颇有层次感的视觉盛宴，其音节分布亦能给人带来音乐美感。"瑟瑟"二字声音短促逼仄，节奏局促；"红"字声音高亢洪亮，尽显一种豁然开朗的画面感。前后对比，顿觉天长水阔，胸中再多的愤懑和不平也都一扫而空。

　　沉醉不知归路，诗人伫立江边，静静看夕阳浸透于水中，等夜晚来临。果不其然，大自然总算没有辜负诗人的痴心等待。初秋的夜晚呈献给诗人的，是一片更美好的境界。面朝江水，仰头观望，一弯新月初生，两头尖尖翘起，像是天上的秋千，更像是一把精巧细致的弓。再俯身细看，江边的草地上挂满了晶莹的露珠，这滴滴青露，恰似点缀在其上的颗颗珍珠。把露水比作珍珠，把月牙说成弯弓，尽是再合适不过的比喻，擅改一字都会破坏原本的意境。九月初三的月夜，竟美得让人不敢喘息。

　　作为一首杂律诗，此诗看上去并不工整，但朴实而生动的语言极具画面感。清代王士祯评其"丽绝韵绝，令人神往"，再恰当不过。

这幅画里，美的不仅是春意

白居易《钱塘湖春行》

孤山寺北贾亭①西，水面初平云脚低。

几处早莺争暖树，谁家新燕啄春泥。

乱花渐欲迷人眼，浅草才能没马蹄。

最爱湖东行不足，绿杨阴里白沙堤②。

【注释】

①贾亭：又叫贾公亭。西湖名胜之一，唐朝贾全所筑。唐贞元(785—804年)中，贾全出任杭州刺史，于钱塘潮建亭。人称"贾亭"或"贾公亭"。

②白沙堤：即今白堤，又称沙堤、断桥堤，在西湖东畔，唐朝以前已有。白居易在任杭州刺史时所筑白堤在钱塘门外，是另一条。

钱塘湖，即西湖。此地仿佛就是为美而生、为进入文人之诗而生的，浪漫缱绻，旖旎波光，婷婷垂柳，怪不得苏轼云："欲把西湖比西子，淡妆浓抹总相宜。"而白居易的笔下这幅西湖早春图恰似东方画家笔下的水墨写意，有景有人，有静有动，有远有近，层次分明，淡雅清新。怪不得方东树会在《续昭昧詹言》称赞此诗为"象中有兴，有人在，不比死句"。

西湖像是含羞的美人，隐隐藏在贾亭之西，冬去春来，阳光清明无一丝杂质，湖水新涨，平静如镜，岸边垂柳丝丝缕缕倒映其中，天上白云重重叠叠舒卷其里，宛如水天相接，早春的轮廓便这般勾勒出来。

莺是"早莺"，燕是"新燕"，它们一个"争暖树"，抢着向阳之树，来为春日展一展清脆的歌喉；一个"啄春泥"，啄泥衔草，营造新窝，它们尽是春日的象征，气候变化的敏锐感知者，仿佛春日就是它们带来的一般。早春之时，春花未能开竟，故而稀稀落落，然而嫩草却如绿毯般进入了世人的眼。西湖之上，骑马游春之人，因争相追逐，倏然而过，自然见花晕眩。春意未能完全舒展时的羞赧与淡然，便在"浅草才能没马蹄"之句中，和盘托出。

最是那一句"最爱湖东行不足，绿杨阴里白沙堤"，将对西湖之境的爱慕情态一一道足。"绿杨"和"白沙堤"色彩明丽，画面感突出，却不至于太突兀，静谧得仿佛一张悬挂在白色墙壁上的精巧风景画。

在这幅风景画里，美的不仅是春意，更多的是诗人赏春的欣喜。不爱西湖早春之人，又有几何呢？

诗因故事而动人
贾岛《题李凝幽居》

闲居少邻并，草径入荒园。

鸟宿池边树，僧敲月下门。

过桥分野色，移石动云根。

暂去还来此，幽期不负言。

每一首诗后面，都藏有一个故事，诗因故事而动人，故事因诗显韵味，如此相得益彰，方才在诗之瀚海中发出引人注目之光。

一日，贾岛骑驴行在街上，忽而灵感袭来，脑中有了"鸟宿池边树，僧推月下门"之句。细细咂摸之后，又觉欠些味道，便以"敲"字替代"推"字。但又拿捏不定，踌躇之间便无意中冲撞了韩愈的仪仗队。如实禀告后，韩愈并没有指责他，沉思一番后说道："作'敲'字佳矣。"由此，"推敲"之争尘埃落定。这首诗也因此句流传于世，并让贾岛获得"苦吟诗人"之号。

荒园草径、树上宿鸟、月下门庭、野外石桥，无一不是寻常景物，但在诗人的巧妙连缀下，却有了醇厚的意味。全诗平白直抒，于生活琐事间尽显诗味。

友人李凝居住的地方十分僻静，周围很少有邻居共住，一

条满布杂草的小路一直通向荒芜的园林中。鸟儿栖息在池塘边的树上，不时发出几声啼叫，一位僧人在月夜里敲击着一扇门扉。一个"敲"字既是动态的动作，又有唯恐惊扰周围宁静氛围之意，让诗句顿生意境。诗人用简简单单的十个字，便呈现了一幅人、景、物俱全的生动画面。

走过小桥，清楚地看到野外的景色，清风吹拂，云彩飘动，而云彩投射在石头上的影子也在晃动，好似是石头在移动似的。如若细细观察，生活中处处是美景。诗人便发现了云彩、石头和轻风之间微妙的关系，描绘了一幅月朗风轻、万物复苏的图景。

"暂去还来此，幽期不负言"，现在我暂且先离开吧，但我还是会来这里的，我既与李凝约定了，就绝对不能做个失约之人。

贾岛字斟句酌，寥寥数句摹画出一幅人景合一的长卷。至此明了，如若细细雕琢，任何一首诗，都将会成为精致的艺术珍品。

失意人恰逢失意天

杜牧《清明》

清明时节雨纷纷，路上行人欲断魂。

借问酒家何处有，牧童遥指杏花村。

清明时节，桃已夭夭，柳已婷婷，天却犹如孩子的脸，变化莫测。出门之时天犹晴，走在路上，便下起了蒙蒙细雨，不紧不慢，不绵密亦不疏落，只是纷纷扬扬地下着，全然没有放晴之意。

清明之日，世人或扫墓祭拜，或踏青寻幽，或合家欢聚。时序变化，又恰逢这样一个节日，诗人离家千里，远在江南，既不能和自己的家人团聚，也不能祭拜先祖，因此心中抑郁。偏偏这时又遇春雨霏霏，衣衫尽湿，躲之不及，失意人恰逢失意天，恨事连连，诗人的心情该是如何呢？他用极愁苦凄凉的笔触点出是"欲断魂"，愁思如细雨绵绵难绝，此时心境更是加倍地郁悒、纷乱了。

古人总是借酒消愁，仿佛一醉便可逃匿诸多繁乱无绪之事，杜牧亦不例外。或许借酒消愁愁更愁，但在诗人笔下的酒，却是现在急切想归去的温柔乡。诗人借问，牧童却"指"而不答，笑而不语，诗便在高潮之处戛然而止，留白无限。但读诗之人，总会顺着牧童所指的方向，窥见似近忽远之处，被

·131·

树荫隐匿了大半的扬起的"杏花村"的酒帘。

整首诗暗合了诗歌的"起""承""转""合"之说，"清明"一句是因时而"起"，"路上"一句是因感情而"承"，"借问"一句是神来之"转"，"牧童"一句则是戛然而"合"。

有人欲把诗改为"清明雨纷纷，行人欲断魂。酒家何处有，遥指杏花村"，岂不知如此一改，失掉了多少哀婉跌宕的意境：少了"时节"二字，"清明"的音节就显得单薄干瘦；不点出"路上"，即少了行人正在赶路的动态感；"借问"二字表达出游子孤苦之感，同时也是普通人之间情谊连接的桥梁，断不可少；"牧童"二字若被抹掉，那明丽轻快之感恐怕也要荡然无存了。此诗可谓不可多得一字，亦不可少缺一字，繁则繁，止则止，绿肥红瘦正相宜矣。

卷七　一程山水，一袭风尘

盛世的山山水水，常常入不了诗人的眼，往往在易代换主之时，才有那么多的诗人从祖国的河山中看到自己的依恋。

大难不死，却已心如死灰

骆宾王《咏蝉》

西陆①蝉声唱，南冠②客思深。

不堪玄鬓③影，来对白头吟④。

露重飞难进，风多响易沉。

无人信高洁，谁为表予心？

【注释】

①西陆：指秋天。

②南冠：楚冠，这里是囚徒的意思。

③玄鬓：蝉鬓。古代妇女的鬓发梳得薄如蝉翼，看上去像蝉翼的影子，因此玄鬓即指蝉。

④白头吟：乐府曲名，《乐府诗集》解题说是鲍照、张正见、虞世南所作。

骆宾王的一生如同他所生长的那个时代一般波澜壮阔。此诗是他在狱中看到两鬓乌玄的秋蝉，有感而作。

一阵秋风，吹来秋蝉声声，骆宾王在狱里听得阵阵心寒。秋蝉马上就到生命尽头，正唱着最后的挽歌，诗人则从庙堂之上坠入囹圄之中，真可谓是沧桑变幻、人世无常。一个"客"字意味深长，诗人觉得自己本不属于此，却被关在牢中，因此把自己视为客人。

　　此牢笼仿若地狱一般，毫无生气。无奈之下，只好向同病相怜之蝉倾诉衷肠：命运本已悲惨万分，让人不能忍受，恰又在狱中看到你，且要忍受你凄惨的哀鸣，怎不让人烦忧。你已长出黑色的羽翼，而我已白发苍苍，人无两度少年时，实在令人心生伤感。

　　露水重重，秋蝉纵使展开双翼也难以高飞；寒风瑟瑟，轻易便将它的鸣唱湮没。无一字不说蝉，亦无一字不说己。俞陛云于《诗境浅说》中如是说："五句言蝉因露重而沾翅难飞，犹己之以谗深而含冤莫白；六句言蝉因风多而响易沉，犹己之以毁积而辞不达。"诗人羽弱声微，有志难申，求助无力，只得对着将逝的秋蝉，千万声叹息。

　　"无人信高洁，谁为表予心"，这声哀叹，仿佛对苍天呼吁，又像在控诉奸佞，满腔愤懑倾泻而出。诗人不因世俗更易秉性，宁饮坠露以葆高洁。

　　或许，骆宾王本该是一个自由流浪的诗人，却偏偏要跻身那黑暗复杂的官场。虽狱中大难不死，他却已是心如死灰，自己的生命已经所剩无几，大好的年华就这样在惨淡的时光中匆匆流逝。在这个不适宜他的时代，他的满腹才华根本无从施展。而命运对他的折磨，远远未到尽头。

扬起万丈风，洒尽青春血

杨炯《从军行》

烽火照西京①，心中自不平。

牙璋②辞凤阙，铁骑绕龙城③。

雪暗凋旗画，风多杂鼓声。

宁为百夫长④，胜作一书生。

【注释】

①西京：长安。

②牙璋：古代的一种兵符，作用同于虎符。

③龙城：匈奴名城。这里泛指敌方要塞。

④百夫长：泛指低级军官。

投笔从戎，身披铠甲，战马冰刀，于黄沙漫漫的大漠中，扬起万丈风尘，洒尽青春与热血，纵然远离家乡，纵然战死沙场，终究无怨无悔。这大概是所有长安少年的渴望和梦想。杨炯算是其中一位。

大唐的雄浑，战士的英勇，尽在此诗区区四十余字中熠熠生辉，神采飞扬。

在国家安全受到威胁之际，即便是一介书生也愤然而起，心中的英气如奔腾的江河，滔滔翻滚。"国家兴旺，匹夫有

责"，诗人再也不想端坐书斋，消磨青春与人生。"牙璋辞凤
阙，铁骑绕龙城"，战前出师场面隆重而庄严，战士激昂而崇
高，仿佛天下百姓的性命尽在手中，唯有战死沙场方是归宿。
一个"绕"字，便将战争一触即发的势态，淋漓尽致地挥洒
殆尽。

　　说时迟，那时快，一瞬间，两队兵马已交锋厮杀。大雪飞
卷，遮天蔽日，战意弥漫，连军旗上的彩图都黯然失色。烈风
呼号，掺杂着战鼓声声。"雪暗凋旗画，风多杂鼓声"两句声
色并俱，各臻其妙。

　　正因为有了初唐之时的激昂，才有了盛唐之时的雍容华
贵，唐朝才能站稳脚跟，在历史的长河中，鲜活如一个斑斓
的梦境，永远散发着诱人的光芒。"宁为百夫长，胜作一书
生"，宁愿做一个低级军官，驰骋沙场，为保卫边疆而战，
也不要做一个弄墨书生苟且偷安，这是诗人杀敌报国雄心的
写照。这样的呐喊，是诗人的呐喊，更是整个大唐所有好男儿
的心声。

　　人人尽知，戍边难，从军苦，生死未卜，常常承担妻离子
散的危险。明月当空，想起远方的家人，归家的想念也会油
然而生。可是，这些似乎都只是军旅生活的插曲，而回荡在
他们心中的主旋律，永远都是"征战"。

不尚武力，亦不惧战争

王昌龄《出塞二首》（其一）

秦时明月汉时关，万里长征人未还。

但使龙城飞将在，不教胡马度阴山。

如水般圆润与通达，似乎一直是中国文化的底蕴。"水随器而圆"，有清澈的池水、宁静的小溪，自然也有湍急的瀑布，拍岸的惊涛。就像中华民族虽然并不崇尚武力，但也从不惧怕战争一样。面对外敌犯境，诸多诗人在诗章中一展英豪。王昌龄的《出塞》便是有力佐证。

明代李攀龙将此诗评为"唐人七绝的压卷之作"，足见赞誉奇高。诗中秦、汉、明月、关塞，尽都融合在一起，叠加成奇异画面。

自秦汉以来，冷月边关，一切似乎都没有变化，而月下关口的征战似乎也从未停止。在辽远的时空里，战争似乎成了明月、关隘唯一的主题。万里征途，将士们此去至今未归。假如镇守龙城的卫青还在，抗击匈奴的飞将军李广还在，便再也不会有外敌入侵边境。实际上，龙城和飞将都不是指代某个人，而是暗含了对良将名臣的呼唤。如若有这般勇猛的将军，便可以将日子过得清净安好，此般愿望不仅仅是秦、汉，更是世世代代的梦。

　　此诗看似主战，其暗含的却是另一个主题——和平。诗人说只要有奋勇杀敌的将军，为国捐躯的战斗精神，便可以抵御外族的侵扰，还百姓以安宁。这里，并无"笑谈渴饮匈奴血"的胆魄，亦无"直捣黄龙"的野心，于他的心中，只要能够镇守住边疆的平安、祥和，对敌人有震慑力便足够了，并无攻城略地、挥师抢占别国领土的意图。而这份"点到即止"的战争观，其实就来自传统文化的"平和"之气。

　　个人恩怨上，不会因为小事而引发殴斗，那么民族大事，更不会为了利益的取舍，而置国家安危于不顾。能够有良将镇守边关，能够有容人的气度和雅量，只要不触犯边界或尊严的底线，就是可以容忍的让渡。毕竟，人们心里最渴望的还是和平与安宁。

边疆的风吹白他的胡须

王维《使至塞上》

单车欲问边，属国①过居延。

征蓬出汉塞，归雁入胡天。

大漠孤烟直，长河落日圆。

萧关逢候骑②，都护在燕然③。

【注释】

①属国：典属国的简称。

②萧关：在今宁夏回族自治区固原市东南。候骑（jì）：骑马的侦察兵。

③都护：当时边疆重镇都护府的长官，这里指河西节度使。燕（yān）然：即杭爱山，在今蒙古人民共和国境内。

唐玄宗开元二十五年（737），王维受唐玄宗之命往边塞慰问官军。路途遥遥，看不到边际，马蹄扬起风尘，迷离了双眼。望不尽未来，看不清归期，一股飘零孤寂之感将诗人紧紧裹住，似要窒息。

少量随从，随着轻车前往，一路上无人慰问，只有马蹄声与风声，衬托着落寞与孤寂。大唐边疆辽阔，一直延伸到居延一带，王维是一介有才有志之士，却只得让边疆的风吹白他的胡须。这是一个赤子的悲哀，更是一个朝代的宿命。

万里行程，边走边叹息。他本可以居庙堂之高，为国出谋划策，挥万丈豪情。而今，只得像随风而去的蓬草一般出临汉塞。

路上，不断回首，也不断遥望。天上地下，只是混沌一片。傍晚之时，诗人独自一人来至稍高的山头，俯瞰蜿蜒的河道，落日似乎稍稍疲倦，低垂于河面，河水闪着粼粼波光，令人恍然觉得红日就出入于这长河之中。再仰头观看，只觉黄沙茫茫，无边无际，又极目远眺，偶见天尽头有一缕孤烟在缓缓升起，笔直冲天。这俨然是一幅画，既显孤单，又格外醒目。

"大漠孤烟直，长河落日圆"区区十字，便泼墨了一幅动态大漠图。正应了现代学者陈贻焮所说，历来盛赞"大漠孤烟直，长河落日圆"一联，绝非偶然。这几笔雄健粗放的线条，不仅勾勒出沙漠上无边的壮丽景色，也有力地表现了诗人对壮丽景色的强烈盛叹，以及因它而变得无限开阔的胸襟。

诗人行至萧关时，恰好遇到侦察兵。他向诗人报告说："都护此刻正在燕然山。"诗人在人烟稀少的异乡好不容易"逢"一人，却不得见，本已落寞至极，却又听到前线仍有战事，更使惆怅上了一层楼。

王维写诗善写景，一首平平之诗，因形象到极致的景而被后人反复吟唱，这便是其高明之处，亦恰恰应了苏轼的评价："味摩诘之诗，诗中有画；观摩诘之画，画中有诗。"

醉与醒之间，诗人在此长眠

李白《将进酒》

君不见黄河之水天上来，奔流到海不复回。

君不见高堂明镜悲白发，朝如青丝暮成雪。

人生得意须尽欢，莫使金樽空对月。

天生我材必有用，千金散尽还复来。

烹羊宰牛且为乐，会须一饮三百杯。

岑夫子，丹丘生，将进酒，杯莫停。

与君歌一曲，请君为我倾耳听。

钟鼓馔玉不足贵，但愿长醉不复醒。

古来圣贤皆寂寞，惟有饮者留其名。

陈王昔时宴平乐，斗酒十千恣欢谑。

主人何为言少钱，径须沽取对君酌。

五花马、千金裘，呼儿将出换美酒，与尔同销万古愁。

  小小一樽金杯，盛下了李白多少心事多少愁。他是狂人，狂放不羁，自然也不畏权贵。自杜康以来那么多人沉溺酒中，大都成了酒鬼，只有李白成了酒仙。李白既是酒仙，又是诗仙，他的诗歌始终洋溢着浓郁的酒香。

  这一次李白又醉了，这一醉不是累月而是经年。故而不甘束缚的他又开始漂游的生活，在开封，他和好朋友对酒当歌，写下此诗。

黄河水一去无回，青丝如雪实难更改。诗的发端荡气回肠，带出的却是伤感的悲叹。"人生得意须尽欢，莫使金樽空对月"，金樽已满，烈酒入肠，强烈的自负之感和怀才不遇受尽排挤之时运让心中的情感喷薄而出，一声"天生我材必有用"字如洪钟，震惊了一代一代的诗人，直至今日仍余音绕梁。

欢愉是表面的，怀才不遇的心越隐藏越欲盖弥彰。"古来圣贤皆寂寞"是孤傲的李白为自己找的华美的借口，"惟有饮者留其名"是难能可贵的清醒的自我认识，如若太白知道今日的他在史上确实因为他的酒与诗而留名，定要再痛饮三千杯了吧。

酣梦之时，尽管当了"五花马，千金裘"，什么功名什么金银尽情舍了去，换钱买酒，愿"与尔同销万古愁"。何等旷达的心胸能放下世间诱人的种种，怕是也唯有太白不测的酒量方能容下这万古愁情。

醒，是一生；醉，亦一生。醒与醉之间，愁与乐之中，总要有个了断。醒不能济世，愁不能自救。于是一杯酒，一声笑，飘逸洒脱于醉梦中寻找一场人生的酣畅淋漓。

酒和诗、花和月、山和水，郁结与旷放、失意与孤傲，成就了千古难就的一个李白。他嗜酒不是酗酒，他狂妄不是狂躁，他孤傲不是孤寂。诗是他的命，酒是诗的魂。

醉与醒之间，隐与现之间，太多诗人在此长眠。

策马扬鞭，一骑绝尘
王维《少年行四首》（其二）

出身仕汉羽林郎，初随骠骑战渔阳。

孰知不向边庭苦，纵死犹闻侠骨香。

雄浑，是大漠里的孤烟、长河畔的落日、沙漠中战马的嘶鸣，也是一张张被尘土淹没的脸。然而，冲天的豪气、凛冽的风骨都藏不住黄沙扑面的疼痛，更埋不掉心底的一份柔情。金戈铁马，保全万里江山，也为了托起家园的和平；披荆斩棘，拯救国仇家难，只为早些与梦中人团聚。雄浑是唐朝褪不去的底色，战车滚滚，碾过了岁月的坎坷，也揉碎了彼此的心折。

投笔从戎，将家国安危系于己身；听鼓角争鸣，望烽火边城；黄沙漫天的古道，闪烁着刀光剑影；策马扬鞭，一骑绝尘，青春的渴慕与热盼都是战死沙场，报答家国双重恩。

远赴边疆既辛苦又危险，但是保家卫国是每一个男人责无旁贷的使命，纵然战死疆场，留下一堆白骨，也同样飘着淡淡的清香。由古至今，壮志男儿对"保家卫国"这一理想的诉求，似乎从未改变过。

《射雕英雄传》里郭靖曾告诫杨过，"侠之大者，为国为民"，郭靖苦守襄阳多年，对抗蒙古大军，正是因其不为功名只为民的精神，而被江湖人士尊为"北侠"。纵观历史，无论是岳飞、文天祥，还是王维口中随骠骑将军大战渔阳的少年，他们精忠报国都不是为了功名利禄、加官晋爵，而是希望收复江山，还百姓以安宁。保家卫国，也只有这些真正放下个人得失的英雄，才能如诗中所说——"纵死犹闻侠骨香"，名垂青史，受万代敬仰。

一壶酒，迎风共醉
王翰《凉州词》

葡萄美酒夜光杯，欲饮琵琶马上催。

醉卧沙场君莫笑，古来征战几人回。

　　一杯清酒，让飞扬的青春更加浪漫；一杯烈酒，让灼热的胸怀更加激荡；英雄的壮烈、美人的惆怅，都化作清酒、美酒，陶醉了人心，也酿就了诗情。大唐，似乎永远都是一副醉醺醺的模样。不过，也因为这氤氲的酒香，才更显性情，也更潇洒与放荡。

　　王翰洒脱至极，即使是在边地荒寒艰苦之境中，亦能用一杯酒开启一次豪华盛宴。当盛宴拉开序幕之时，《凉州词》便站在了舞台中央。

　　"葡萄美酒夜光杯"，莫再嫌征戍生活单调，莫再一副愁苦不堪的颜面，刚刚胜利归营，何不欢聚庆功，共同举行一次盛大的酒宴。筵席之上，西域葡萄晶莹剔透，珍贵的夜光杯盛满甘醇的美酒。此时，忘却一切吧，只管觥筹交错，宴饮欢歌。

　　将士脱下战袍，任由边地的风飒飒扫过七尺身躯。豪情万丈之时，唯有将美酒一饮而尽方才热烈。千杯不醉，醉了又如何，今晚注定不眠，让黑暗也似白天。本欲再饮之时，军中乐队适时奏起了琵琶。不似美人的低眉信手续续弹，而似银瓶撞

破水浆四溅，又如铁甲骑兵厮杀刀枪齐鸣，像是催促战士们举杯痛饮，本就已热烈的气氛顿时沸腾起来。这哪里是苦寒的边疆，这分明是美酒的故乡。

此时，酒杯相撞，琵琶激越，将士们兴高采烈，你斟我酌，似乎是人生最后一次欢饮，只得痛饮方才不枉此生。渐渐地，有人醉了，放下了酒杯，正当此时，座中人便高声呼喊，兄弟，再满上一杯，莫要扫兴，醉了就醉了，就算来日醉卧沙场，也望诸位莫要耻笑，自古以来远赴边塞征战的将士又有几人能生还而归呢？我等不是已把生死置之度外了吗？

"古来征战几人回"，没有对戎马生涯的厌恶，没有对性命不保的哀叹，也没有对征战痛苦的责难，只有视死如归的勇气，腾空万丈的豪情，开阔辽远的胸襟。

一壶酒，千古多少事。一人独饮，是借酒消愁；而边疆战士迎风共醉，便是盛世大唐独有的风韵与姿态。

战火连绵，不知何时是尽头

杜甫《春望》

国破山河在，城春草木深。

感时花溅泪，恨别鸟惊心。

烽火连三月，家书抵万金。

白头搔更短，浑欲不胜簪。

安史之乱是盛世拐点，目睹叛军烧杀抢掠的种种恶行，杜甫忧心如焚却又无可奈何。次年三月，春天如期而至，而大国小家却始终没能迎来自己的春天。感念于此，杜甫挥笔成诗，创作了《春望》。

长安沦陷后，国家一片破败，城池残破，虽然山河依旧，但是乱草遍地，林木苍苍。春天虽至，但毫无春色可言，满城荒草，看得人触目惊心。花鸟本无情，但人感叹家国沦丧之凄凉，泪珠滴在花上，花也落泪。生死离别令鸟儿都为之悲鸣，何其凄怆。

伤感之人最易触景生情，且感情是由隐到显，由弱到强。隐隐约约中，仿佛看到诗人由翘首望景逐步转入了低头沉思，惦念起远方的亲人。

"烽火连三月，家书抵万金"，战火纷飞，长久不息，思念至极，一封家书竟也抵得上万两黄金。虽有些许夸张，

但又合情合理。从国事写到家事，视野虽然缩小，却以更细致、更具体的视角写出了战争对人民的戕害。

"思君令人老"，忧伤令人早生华发，烽火遍地，家信不通，眼望着面前的颓败之景，不由得搔首踟蹰，恍惚间，便觉头发愈来愈稀少，几乎连簪子也戴不住了。战火连绵，不知道何时才是尽头，更不知何时才能回到家园。山河破碎，人如飘絮，此情此景，催人泪下。李庆甲在《瀛奎律髓汇评》中引纪昀的话评此诗云："语语沉着，无一毫做作，而自然深至。"

杜甫的感慨与漂泊，不禁令人想起韦庄的那句"未老莫还乡，还乡须断肠"。但是，在故乡熟悉的山水中柔肠寸断，总比流浪天涯肝肠寸断要幸福得多。就像落叶静静地飘落下来，最后落到树根旁，与随风飘逝不知去往何方相比，始终是最为安详的一种结局。

泪水滚滚下，湿透青衫襟

杜甫《蜀相》

丞相祠堂何处寻？锦官城外柏森森。

映阶碧草自春色，隔叶黄鹂空好音。

三顾频烦①天下计，两朝开济老臣心。

出师未捷身先死，长使英雄泪满襟。

【注释】

①频烦：通"频繁"，指屡次，多次。

于成都，杜甫探访了武侯祠，对鞠躬尽瘁的诸葛亮，诗人仰慕之至，且此时安史之乱尚未平叛，国将不国，感慨万千即成此篇。

祠堂在何处呢？似在不经意间便信步走出庭院，要去寻访。路至大道，渐渐发现尽管城外，数里之遥，远远望去，已是一片郁郁森森，葱葱茏茏，殿宇巍峨，塑像凛凛。碧草映阶绿，黄鹂隔叶啼，簇簇春草在阳光下拔节，愈显生命之茁壮旺盛。黄鹂声声啼叫，曲曲婉转，于林间自由跳跃，一派和谐之景。然而，此清丽之景与朝中混乱之境叠加，竟让诗人心中一片荒芜。满院萋萋碧草，数声呖呖黄鹂，任谁徘徊其中，都只得换作一声叹息。

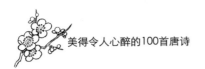

诸葛亮生前先是隐居隆中，幸得刘备三顾茅庐方才出世，于蜀地运筹帷幄，开疆辟国。刘备殁后，便匡济危难，辅佐后主刘禅，殚精竭虑，不遗余力，忠贞不渝。然而，纵然是"两朝开济老臣心"，辉煌了半世，却也只剩下这荒凉冷清的武侯祠，静静守护着往日的忠贞与丹心。

前人云："诗贵有眼。"此诗之眼便于结尾处点出，"出师未捷身先死，长使英雄泪满襟"，这岂止是一般的凭吊和拜谒？家国乱，人心更乱。"泪满襟"的"英雄"是武侯诸葛亮，是诗人自己，亦是天下一切空有报国之志却含恨无成之人。此功业心是武侯的不假，恐怕亦是杜甫自己的。读罢全诗，莫不感到其诗沉郁顿挫。刘辰翁云："全首如此，一字一泪矣。"

文字是奇妙的，翻开诗书，千年之前的往事便悠悠传来。读到此诗时，又仿佛看到须发花白的诗人，于泠泠清风中，站在丞相祠堂前，任凭泪水滚滚而下，湿透青衫衣襟。

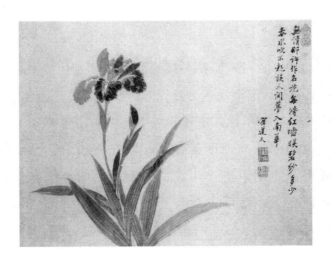

树高千丈，叶落归根

杜审言《和晋陵陆丞早春游望》

独有宦游人，偏惊物候新。

云霞出海曙，梅柳渡江春。

淑气催黄鸟，晴光转绿苹。

忽闻歌古调，归思欲沾襟。

初唐五言律，"独有宦游人"第一，后人曾这样评价。此诗能获此殊荣，应不是遣词、造句绝妙，抑或诗技、诗境之功，而是其内涵丰富、底蕴深厚。全诗"惊心"而不快，赏心而不乐，涌上心头，充溢胸间的尽是诗人郁郁不得志的失望之情。这种不得志，并非无能，而是身处官场的无能为力。

不得志之时，便再不想在浅水瘦山中流浪，再不想为他乡客，即便是微小的时节转换，反射到诗人眼中，也是轩然大波。"独有""偏惊"，宦游在外之人偏偏对异乡的气候敏感至极。

江南的新春似乎是与太阳一起从东方的大海升临人间的，像曙光一样映照着满天云霞。虽是初春正月，别地寒风料峭，残冬犹在，而此地已是梅花缤纷，柳枝摇曳。梅柳渡过江来，花发木荣的春天已和江南同住。

此时温度刚刚好，不炽热亦不冰寒，暖柔怡人。一个

"催"字，更显黄莺的愉悦欢鸣。江淹有诗云："江南二月春，东风转绿苹。"而"晴光转绿苹"正是化用此而来，暗示了江南二月的物候，好比中原三月的暮春。眼及此景，诗人忽然听闻陆丞的唱曲，心中思乡之痛无意中被勾起，不觉思乡情切，泪湿衣襟。

西方人会问："何处是我家园？"而国人却从不追问，因他们知晓"树高千丈，叶落归根"。不管树多高多大，亦不论枝叶多么繁茂，唯有落叶归根，才能献上对故土的最后一片挚爱。

长安的春花，印在盛唐里

孟郊《登科后》

昔日龌龊①不足夸，今朝放荡②思无涯。

春风得意马蹄疾，一日看尽长安花。

【注释】

①龌龊：指处境之上不如意和思想上的拘谨局促，与今北方方言"窝囊"义近。

②放荡：意谓自由自在，无所拘束，与"旷荡"（一本"放荡"即作"旷荡"）"放达"义近。但不同于现代"放浪"的意思。

世人皆知孟郊之诗常有雕琢的弊病，却有极少人知道，在《登科后》这首诗中，孟郊是怎样一气呵成、醋畅淋漓地抒发其喜不自胜的情绪的。

唐德宗贞元十二年（796），已两次落第的孟郊第三次进京应试。或许是已不期望靠金榜题名改变人生，他淡定而沉着，在应试考卷上尽情抒发自身所感，写自身所想，仿佛这不是考场，而是属于自己的舞台。

谁能想到，不抱希望便却迎来了最大的收获。一介四十有六的老叟，在揭榜当日竟看到"孟郊"二字跻身于榜单之

首。第三次进京应试，上天终于给了他公正的答案。按捺不住满心得意欣喜之情，便挥手写下其"平生第一快诗"。

未中举时，家境贫寒、潦倒落魄。而这已然成为往事，生活上的困顿与思想上的局促不安，已被金榜题名冲得烟消云散。"昔日"到"今朝"，表面看来只有一日之隔，但对孟郊而言，数十年的生活因进士及第而有了翻天覆地的变化。此时春风轻拂，春花盛开，他策马奔驰于繁花烂漫的长安道上，自然觉得轻快无比，定要将前十年未曾欣赏过的风景，在一日之内欣赏个够。

得意之人，难免吐狂语。在车马拥挤的长安道上，怎会容得下他策马疾驰呢？偌大一个长安，无数春花，"一日"又怎能看尽呢？看来"得意"的并非"春风"，而是诗人自己，马蹄翻飞亦不见得有多"疾"，而是诗人逢喜事精神爽，便觉此时的马行动格外敏捷。

或许一首诗仍改变不了世人对孟郊"苦吟""寒瘦"的看法，但那日长安的春花，策马而行的潇洒，已经深深印在盛唐的臂弯里。

历史的冷眼静静看着

刘禹锡《石头城①》

山围故国周遭②在，潮打空城寂寞回。

淮水东边旧时月，夜深还过女墙③来。

【注释】

①石头城：在今南京市西清凉山上，三国时东吴曾在此戍守，就石壁而筑城，故称"石头城"。

②故国：旧都。周遭：环绕。

③女墙：指石头城上的矮墙。

有关秦淮河的记忆，是一些诗句的散乱碎片，仿佛是昨夜刚刚读罢的一部书简，再次捧起温读却恍若隔世。刘禹锡打捞起秦淮河中一弯月亮，便吟咏起古今。《石头城》便是其中一首。

刘禹锡诗中的秦淮河繁华且寂寞，岁月如歌，悠悠秦淮，伤感是岸。远山还是那群远山，时光和潮水一起冲刷着古老的城池。

诗人在墙垛下低着头反反复复踱着步，周围寂寞无人，只能听见淮水拍打城墙的声音，皎洁的月光旁若无人地照耀着每一块石砖，无私地点亮着城墙里头。刘禹锡不禁心中郁

结：这潮水与月光也曾光顾过六朝的大门，看过它们的繁盛和没落，如今又要看我大唐的衰亡了。念及此，诗人心头一痛，摇摇头离去。

脉脉秦淮，铮铮金陵，见证了六朝更迭；车水马龙，纸醉金迷，见证了千古帝王的笑容和眼泪，也见证了大唐历尽风雨的起伏命运。而此诗，和淮水明月一样，都是历史的冷眼，静静地看着。

盛世的山山水水，常常入不了诗人的眼，往往在易代换主之时，才有那么多的诗人从祖国的河山中看到自己的依恋。王尔德说得多好："如果不是担心会失去，大概我们还会放弃更多的东西。"然而放弃也好，伤怀也罢，淮水还是那汪淮水，一如既往地向远方流去，把故事和历史都抛在了脑后，徒留下诗人在岸边惘然。

花已陨落，片片成伤

杜牧《泊秦淮》

烟笼寒水月笼沙，夜泊秦淮近酒家。

商女①不知亡国恨，隔江犹唱《后庭花》②。

【注释】

①商女：歌女，一说是商人的妻女。

②《后庭花》：即南朝陈后主所作《玉树后庭花》简称。

秦淮河悠悠不尽，像是一首不曾读完便放下的小诗，再拿起之时，已不知过了几载，然而当时读诗的韵味依旧未散；又像是一朵在清晨未来得及采撷的紫色小花，待到日暮之时，已然枯萎，然而香味犹存。

那一日，诗人将舟停于河畔，将缆绳绑在岸边一棵垂柳上，便上了岸，于临近河岸的一所小酒馆暂时歇下。黄昏落幕之时，诗人手提一壶浊酒，来至河边。此时，夜色暖柔，雾气氤氲，月华如水，沙似湖泊，像是一幅浓淡相宜的水墨画。诗人解开缆绳，再次随波荡漾于河中央，隐隐听见灯火辉煌处，传来阵阵歌声。这歌声因蘸了清风，更显凄迷；因在夜晚，更显哀媚；因这时代，更是绮艳轻荡。至此，杜牧将手中杯盏，一倾而尽，生于此世，唯有醉能解忧。

　　"商女不知亡国恨，隔江犹唱《后庭花》"，这便是杜牧笔下的秦淮河，盛唐过后，只有在秦淮河，诗人才把兴国兴邦的担子放在女子薄弱的肩上。此时大唐已每况愈下，虽距灭亡尚有数十年，然而敏感的诗人已然嗅到了亡国的伤感。正惆怅之际的诗人，听见两岸酒家里传来的轻袅歌声，正是陈后主的《玉树后庭花》。曾经夜夜笙歌，日日饮酒，嬉笑追逐，美人在侧。而今，花已陨落，国已亡，陈后主的时代终究开到荼蘼，片片成伤。

　　联想到唐朝的岌岌可危，烦乱的杜牧只得将罪责落在了不懂政治和历史的歌女身上。但可怜的歌女和可悲的诗人又有谁能懂他们的心情呢？只有身边沉默的淮水，载着历史的幽怨，趁着月夜汩汩东流，好似一首呜咽的歌。

　　秦淮河，就是这般日夜不息，牵扯着最柔软又最敏感的记忆。河的左岸风清月朗，丝竹管弦声声带媚；河的右岸，凌波徐徐，叹息喟慨丝丝哀伤。

卷八　流浪，在海角天涯

　　故乡，从来都是戍守边关的战士掌心的一颗痣，纵然不去触摸，也知晓它的位置。悲伤之事，莫过于离乡。

遥遥远方，共同祈祷

沈佺期《杂诗三首》（其三）

闻道黄龙戍①，频年不解兵②。

可怜闺里月，长在汉家营。

少妇今春意，良人昨夜情。

谁能将③旗鼓，一为取龙城。

【注释】

①黄龙戍：即黄龙冈，在今辽宁省开原市西北，唐时在此戍兵。

②解兵：撤兵，罢兵。

③将：率领。

战乱时的日子，总是由一次次离别串成。男子为国征战，穿上铠甲便一去无回。天地悠悠，偌大的世界，唯剩下挥手后沉重的脚步声。女子刚刚出嫁之时，痴痴以为一生终有了寄托，岂不知以后日日将在小小闺房之中，独自盛开，独自凋零。

黄龙戍一带，常年战事不断，至今未曾停息。于是一批批男子离家，一个个家庭散乱。黎民百姓从不求荣华富贵，只要一生清浅、安稳便好，谁知这区区小愿，竟也得不到应允。

　　月亮总是在相思的晚上升起，琥珀色的月亮，照着征夫，亦照着闺房。征夫看到此景，便回想起同妻子在家中望月的点点滴滴。而闺妇撩开窗纱，看见月亮，只是徒增烦忧罢了。"可怜闺里月，长在汉家营"，短短十字，内涵极为丰富，既有过去夫妇之团圆，又有现在夫妇之分离。两人两地夜夜望月，千里相隔共享婵娟。今夜，闺中人和营中人同在这一轮明月的照耀下两地对月相思，思念绵远深长，源源不绝。

　　曾经最喜爱春日，而今最恼春日。相思总是在此时节丝丝苏醒。丈夫频年在外，妻子独处一室，未免太过冷清，万籁无声的黑夜，总是挨不到天明，唯有点起桌角欲明将灭的烛，将以往夜夜温情，一遍遍在脑海中演绎。思妇和征夫已经离别得太久了，久到似乎忘了对方的模样。他对着茫茫苍天，她望着遥遥远方，共同祈祷：愿朝中出现一位良将，带着精兵，将敌人一举打败，唯有此夫妻方能团聚，黎民方能安居乐业。

　　家国本不分，国安，家则安，此是世间至理。征夫甘愿受一时分别之苦，唯愿江山稳固之后，便与妻子共赏细水长流。

月华初照时，便起相思

宋之问《渡汉江》

岭外^①音书断，经冬复历春。

近乡情更怯，不敢问来人。

【注释】

①岭外：指五岭以外，这里指岭南的泷州。

武则天神龙元年（705），宋之问被贬为泷州参军。荒蛮之地，形影相吊，不免感到凄凉，月华初照之时，便起相思。日日惆怅，夜夜难眠，盼盼盼，愿有一日得恩旨，得以回家。

一年之后，终于如愿以偿。途经汉江之时，面对滔滔江水，不禁思慨万千。才华绰约的他，挥手即成一首诗。

"岭外音书断，经冬复历春"，贬居岭南，荒无人烟，整日做伴的即是突兀的山丘，偶有一只孤雁斜斜飞来，亦是几声哀鸣之后，便再无痕迹。家人杳无音讯，未卜存亡，就是这般在与世隔绝中，度过春夏秋冬，日子如此暗淡，所谓"哀莫大于心死"，此种境遇，怎不使人心灰意冷。

自古以来，诗人便爱斟酌诗句，宋之问更是如此。虽此诗起句平平，但下文以潮涌之势，使本诗在唐诗中熠熠生光。

渡过汉江，虽未到家乡，但仿佛已踏进了家门一般。长居岭南之时，相隔万里，无雁传书。纵使夜夜梦中都有家人的影子，纵使时时担忧家人安危，终无只字片语可传情达意。而今，接近家乡，本该急急拉住行人问一问家中情况，却不料竟远远躲开，一人骑着马，缓缓重重地走。初读此诗之人，会觉得此句违反常理，细细想来，便觉在情理之中。或许家人已逝，噩梦已成真，宁可保留幻想，也不愿心中这种模模糊糊的不祥预感变为残酷事实。故而不作"情更切"，而作"情更怯"；不作"急欲问"，而是"不敢问"。人所难言，我独言之，反常而出奇，语浅而情深，因此成为脍炙人口的名句。

宋之问这首小诗情真、语真、意真，打动了读者之心。故而明了，原来世间之作，并无技巧，只要这语是从心底流出，不做作，不矫情，便好。

乡愁是一棵没有年轮的树

贺知章《回乡偶书二首》（其一）

少小离家老大回，乡音无改鬓毛衰。

儿童相见不相识，笑问客从何处来。

日本陶笛大师宗次郎有一首久负盛名的乐曲，叫《故乡的原风景》。曲子没有歌词，但音乐起起伏伏，如一股淡淡的哀愁盘旋在心头；如泣如诉如低语，在人们的心里铺展开一条回家的路。

也许音乐的本质是不需要歌词的，只需要静静地聆听，听那心灵的脚步轻轻地踏上故乡的路，那里有故乡的碧波东流，有熟悉的山村小路。多少次梦回故乡，被揪心的欢愉和忧伤深深地抓住。但一旦美梦成真，却又几乎不敢相信眼前的情景。

家中的一切是否如昔？老屋外的草地、草地边的小溪、小溪畔的垂柳、垂柳下的旧居，一切都在岁月的流逝中静静地数着年轮。而那长长久久的乡愁，盘旋在心头的熟悉，就这样在欢天喜地中渐渐扬起。

贺知章三十六岁考中进士后便离开了家乡，所以自称少小离家。等到八十六岁的时候，在外奔波了半个世纪，终于又回到了家乡。一个人的生命能有多长呢？大概和记忆的铁轨一样漫长，深深地铺向生命的尽头。多少年过去了，他已然白发苍苍，但骨子里那份对故乡的依恋和执着，却从未有任何的变化。但家乡年轻的孩子们并不认识他，还笑着问他是从哪里来的。本来是故乡的人，却被误以为"客"，世事苍茫，人生短暂，心头不免涌起无数感慨，故信笔写下此诗。

陆游说，"文章本天成，妙手偶得之"。当半个世纪的光阴和故事，就这样恍如隔世般在贺知章的眼前展开，回乡的"偶书"也便写出了人们的共识。席慕蓉有诗云：

故乡的歌是一支清远的笛

总在有月亮的晚上响起

故乡的面貌却是一种模糊的怅惘

仿佛雾里的挥手别离

离别后

乡愁是一棵没有年轮的树

永不老去。

又是一年，冬去春来日
王之涣《凉州词》

黄河远上白云间，一片孤城万仞山。

羌笛何须怨杨柳，春风不度玉门关。

开元年间的一天，冷风嗖嗖，雪花飘飘。王昌龄、高适、王之涣三人相约去酒楼饮酒。其间偶遇梨园伶人唱曲宴乐，三位难分伯仲的诗人便约定以伶人所唱歌曲中所引他们各自诗句的多少来评定他们诗艺的高低。结果诸伶中最美的一位女子所唱则为"黄河远上白云间"。王之涣甚为得意，此诗便是《凉州词》。

或许"旗亭画壁"之事未必属实，但亦表明此诗已广为传唱。

提笔简练，由上而下，由近到远，一幅动人的画面就这样出现在诗人的笔下：波涛汹涌的黄河水浩浩荡荡，气势澎湃。它像一条绮丽的缎带轻盈地飞向白云之间。一"上"字，利落地渲染了黄河高低错落、源远流长的壮阔之美。

天空空空落落，一切似乎都渺小无力。诗人远望，群山起伏，万峰争秀，在黄河白云的衬托下，显得尤为壮观。它们岁岁年年保持着一种姿态，万古如斯。唯有一座孤城，是这苍茫世间的一点点缀。然而，这塞北边关的戍守堡垒，也是那么枯寂。不单单城寂寞，其中的人更觉日子漫长。

又是一年冬去春来日，诗人想，这个时节，家乡的春风又绿了杨柳、红了芭蕉。而此地没有春风的浸染，虽已过三月，然而终究看不到一丝绿色。本想折一枝杨柳赠予离人，却也只是枉然。此时悠悠扬扬、错错落落的笛声，经过千山万水，飘到了诗人耳边。笛以悲戚之声，似在埋怨杨柳。然而，又何须怨恨呢，这终究不是它的过错，谁让春风难过玉门关呢？

故乡，从来都是戍守边关的战士掌心的一颗痣，纵然不去触摸，也知晓它的位置。悲伤之事，莫过于离乡。古人写征战，往往以悲作结，而此诗，却毫无衰飒颓唐的情调，反给人以悲壮苍凉之感。每个人身上都有时代的烙印，想必情调悲而不失其壮，便是盛唐诗人独有的情怀吧。

江水上夜宿孤独人

孟浩然《宿建德江》

> 移舟泊烟渚，日暮客愁新。
>
> 野旷天低树，江清月近人。

故乡是一个很模糊的概念，到底什么才最能代表故乡，恐怕无人说得清。门前那棵粗壮的古树，上学途径的那条溪流，伙伴们郊游的那个春天，恋爱时约会的那位姑娘……故乡是生命开始和成长的见证，也是未来许多岁月都抹不去的一股熟悉的味道。即便两个素不相识的人碰面，如果他们都来自同一个地方，乡音乡情，总会令他们彼此更为亲切和信任。

那一日，诗人漫游吴越途径建德，此地一向以雅静素美著称，诗人便渐渐放慢了脚步，不知不觉中天色渐暗，他也只得停船歇息。

诗人把船停靠到岸边沙洲旁，残阳西落的黄昏又给他增添了一份新的哀愁。黄昏时刻的江上烟雾笼罩，景色朦胧，诗人的心情亦如薄雾般缥缈晦涩。夕阳斜倚远山之时，念家的情愫随着昏黄的日落，随着波动的流水，也随着此地的无声胜有声，如炊烟般袅袅升起。

无可奈何之际，也只得静静地欣赏着夜景，让那一丝伤感消散在风中。空旷的原野上，远处的天空好像比眼前的大树还低；清澈的江水中，月亮的倒影仿佛与人更加亲近。苍茫无垠的宇宙中只有一个即将在江水上夜宿的孤独旅人，与天地为伍，和树影、月影做伴。一颗愁心驰骋在空旷寂寞的原野上，融入寂静的天宇中，更添一份新的愁绪。恰恰应了清人沈德潜所评价的"下半写景，而客愁自见"。

"野旷天低树，江清月近人"，此句历来被认为是写景的佳句。"低""旷"，"近""清"相互映衬依存。"树"因天"旷"而"低"，"月"因水"清"而"近"。此般视觉变化与心灵震荡也只有在暮色江面上的薄雾笼罩中，方才有所体会。

全诗淡有余味，含而不露，语句自然流出，颇有浑然天成之风韵。

浓浓的思绪，荡漾开来

王维《杂诗》（其二）

君自故乡来，应知故乡事。

来日绮窗前，寒梅著花未？

假如一个人遇到了自己多年不见的老乡，会问些什么呢？

应该会问当年那条清澈的小溪是不是还能洗米、洗衣；我们的学堂和先生是否依然如昔……大千世界，人海茫茫，并不是每个人都有机会遇到邻里乡亲。而真的遇到了，千言万语，一时又不知从何说起。即便是最会说话的诗人，家长里短，所闻恐怕亦是芝麻绿豆的小事。

是年，王维依旧作客他乡，偶然间遇到一位来自同乡的友人，因欲知家乡事，不免格外激动难抑。他拉过彼人衣袖，急切地说："你从故乡来的，应该知晓家中之事。"言行中透露出老乡见面的亲切与熟稔。

王绩于《在京思故园见乡人问》中，见到同乡好友发出串串问题，从朋旧孩童、宗族弟侄、旧园新树、柳树茅斋、翠竹寒梅，一直问到果园林花，仍是意犹未尽。而同样是见到旧友的王维，只是轻轻浅浅地问了一句："寒梅著花未？"你来的时候，我窗前的梅花开了吗？诗人以最通俗平淡的语言，从最寻常的小事发问，让人不免思考，离家这么久怎么只记得那一束梅花？

　　实则，对故乡的怀念，通常和记忆里的人、事、物分不开，故乡的亲朋旧友、风光人情，都深深印在诗人的脑海里。然而，诗中不可能将此般事物一一道来，而只问"寒梅著花未"，因诗人已经将对故乡的眷恋和惦念融汇在"寒梅"之中。

　　故乡的青山绿水，柳暗花明，尽在离开故乡后，开始在诗人的心底低回。往事如电影一样，在心里温习了无数次。能够深刻记忆的，一定是当年最刻骨铭心的故事。或许是寻常的一件乐事，或许是浪漫的一次邂逅，又或者只是偏爱自己窗前的梅花。总之，是不起眼的小物件勾起了大诗人的乡情，在每一个孤独的夜晚静静地升起，在慢慢的品味中荡漾开去。

故乡美好，却又一再离开
王湾《次北固山下》

客路青山外，行舟绿水前。

潮平两岸阔，风正一帆悬。

海日生残夜，江春入旧年。

乡书何处达，归雁洛阳边。

这一年的春天，诗人行舟南下，适逢潮平而两岸阔，顺风顺水一帆高悬，夜幕降临，乘船缓行至此，泊舟北固山下，不知不觉时至残夜，南雁北归，又是一年春来到，诗人临风而立，身在异乡身处此景，不禁心潮涌动，便写下此诗。

近处的碧水蓝天，远处的潮平浪静，江南之春尽收眼底，不知不觉已经行舟到了夜里。"海日生残夜，江春入旧年"，此是全诗最值得品味的一联，亦是历来评论者最为激赏的一联，明代胡应麟于《诗薮》中云："形容景物，妙绝千古。"天色即将破晓，广阔无垠、风平浪静的江水上，残夜还未过去之时，一轮旭日冉冉东升；在旧的一年尚未正式过去之时，江上已经呈现出一派春光。日升月落，时序更替，一切都在不动声色地变化着，让人无可奈何。

在春意无限的海上黎明，远望千里之外青山之出的客行路，天边掠过一群北归的大雁。春天来了，天气转暖，大雁

飞回北方，诗人看到此种场景，羁旅之思再次如洪水般袭来。想到它们定会路过自己的家乡洛阳，也只得将心中絮絮叨叨不成言的相思寄托给天空中飞过的大雁，愿它们代替自己问候家中亲友。

世人总是频频称颂故乡的亲切与美好，却又一再离开。外面世界固然精彩，却又频频回首张望。待到暮年，尝到人生百味，走过千山万水，才知晓，原来最想回到的地方，是不曾回去过的家乡。只在一遍遍翻阅诗书之时，偶然读到与心灵相契合的诗句，方才懂得，青春之时，我们走马观花，而今，家乡已成了揭不掉的伤疤。

夕阳西下，正是归家的时候

崔颢《黄鹤楼》

昔人已乘黄鹤去，此地空余黄鹤楼。

黄鹤一去不复返，白云千载空悠悠。

晴川历历汉阳树，芳草萋萋鹦鹉洲。

日暮乡关何处是？烟波江上使人愁。

南宋诗论家严羽在《沧浪诗话》中曾经评价说："唐人七言律诗，当以崔颢《黄鹤楼》为第一。"因着如何评价，这首诗名气大增。

相传，与崔颢属于同时代的李白，游历到武汉黄鹤楼时诗兴大发，本想登高赋诗，可见此诗后连称"绝妙"，并有感作下一首"打油诗"："一拳捶碎黄鹤楼，一脚踢翻鹦鹉洲，眼前有景道不得，崔颢题诗在上头。"后人便于黄鹤楼东侧，修建一亭，名曰李白搁笔亭。此事之真假大可不必胶柱鼓瑟地去追究，只需要翻开书页，细细体会黄鹤楼的繁华与落寞便可。

费祎飞升于黄鹤楼，后忽乘黄鹤来归，此传说令人心驰神往，初见黄鹤楼时，"昔人"在此处羽化成仙的故事让人心旷神怡。诗人没有在摹状黄鹤楼巍巍大气上费一点笔墨，却依据黄鹤楼得名的神话传说写出了它道骨仙风的神貌，可谓神来之笔。"白云千载空悠悠"，人去楼空，悠悠千载，世事茫

茫，俯仰天地之间，心潮起伏之中，诗人关于宇宙人生之思考已在笔下纵情流淌。

前两联诗人连用三个"黄鹤"，再用一个"白云"，语气回转，一贯而下，意象阔大，气势雄浑，诵读起来脱口而出，顺势而就，毫无滞留之感。清人沈德潜在《唐诗别裁》中激赏崔颢这首诗："意得象先，神行语外，纵笔写去，遂擅千古之奇。"由此可见一斑。

阳光照耀着广阔的平原，汉阳镇绿树成荫，历历在望；茂盛的青青春草铺满了鹦鹉洲。日暮时分，夕阳西下，正是归家的时候，看着江上浩渺的烟波，心中不禁低叹：哪里才是我的家呢？本不愁，却由烟波江上之景，生出点点滴滴的愁绪。

游子心中的故乡，仿佛看似已经愈合又恰恰被忘却的伤疤，不知何处作痛，亦不知如何去解，只得在秋来之后，在烟波袅娜之时，念起故乡美，手抚左心房，听一听撕扯般的沙哑之声。

世事变化，总是无常

杜甫《月夜忆舍弟》

戍鼓断人行，边秋一雁声。

露从今夜白，月是故乡明。

有弟皆分散，无家问死生。

寄书长不达，况乃未休兵。

　　城楼上的更鼓声一声连着一声，空中飞过的孤雁发出如同呜咽的啼鸣，都给这幕秋景添了几分萧索、凄凉之意。因为战事相阻，路上几乎看不见行人的踪影，只有一阵阵秋风吹卷着地上的衰草和尘埃。此诗诗题虽为月夜，但并未从月夜落笔，而是以战乱作为时代背景予以交代，令人不由得黯然神伤。

　　最是暗夜让人相思。清露盈盈，望月之人顿生寒意。明月皎皎，抬头仰望只觉得它不如家乡的明月那么清冽、明朗。普天之下，月亮只有一轮，怎么可能还有明暗之分呢，但固执的诗人，明明就觉得家中月更明亮。此种执拗想法，却偏偏入了世人的眼，认为其绝佳。宋代王德臣于《尘史》中评此诗云："子美善于用事及常语，多离析或倒句，则语健而体俊，意亦深吻。如'露从今夜白，月是故乡明'是也。"

　　诗人由鼓声雁啼、露白月明这些萧瑟之景，想到了天各一方的弟弟。平日里寄送的书信都时常不能顺利收到，更何况在

这烽火连天、兵荒马乱的战时。

梁启超先生曾经写过《情圣杜甫》一文，他说道："我以为工部最少可以当得起'情圣'的徽号，因为他的情感的内容，是极丰富的，极真实的，极深刻的。他的表情方法又极熟练，能鞭辟到深处，能将他全部反映不走样子，能像电气一般一振一荡地打到别人的心弦上。中国文学界写情圣手，没有人比得上他，所以我叫他做'情圣'。"《月夜忆舍弟》就是杜甫抒情诗中的名篇，闻戍鼓、听雁声、见寒露、望明月、念家弟，一字一句，伤心折肠，令人不忍卒读。

确实，"人生不相见，动如参与商"，朝在一起，夕则离散，世事变化，总是无常。故而，生命中充盈着忧思和惦念。每至月亮升起之时，便如炊烟般袅娜着升起。

乡愁在诗句中讲述着牵挂

李益《夜上受降城闻笛》

　　回乐烽①前沙似雪，受降城外月如霜。

　　不知何处吹芦管，一夜征人尽望乡。

【注释】

　　①回乐烽：一作"回乐峰"。

　　纵使诗人甘愿离开妻儿，在苦寒之地成就一番作为，但当夜晚悄悄来临，望着月华如水，坚硬的心亦会渐渐软化，如同水藻一般，在清水中慢慢招摇。

　　也不知在黄沙漫漫之地度过了多少个不眠之夜，每至圆月挂于树梢，他便走出军帐，远远眺望，迢迢无终点，只要足够远便好。倘若再远一点，或可望见家中的盈盈烛光。这一夜，与平日无异，一整日的行军之后，本该躺下睡了，翻身之时看到有月光透进来，心不禁有一丝战栗。罢了罢了，与其挨到天明，倒不如提一壶浊酒，于帐外月光下沉醉。

　　诗人登上受降城，一景一物尽在月光下显出梦一般的幻影。回乐烽前漫漫白沙犹如铺满的白雪一般，清澈而有一丝寒意。受降城外，月光倾洒，犹如流霜在天空中飞散。在这皎洁月光下、万籁俱寂的静夜中，诗人将这一番塞外月下图就着一

杯杯浊酒喝下，不知是为景醉，还是为酒痴。

恰恰此时，不知什么地方有人吹起了芦笛，笛声幽咽，声声带泣，它经过风的吹拂，经过月华的浸染，袅娜着来至诗人耳边。刚刚被酒压下去的相思又被笛声勾起。站起来，登得再高一点，顺着月亮之光、顺着家的方位，欲要再望一望，却不料望至驻扎之地时，兵士尽走出大帐，静静望着圆月，倾听着不知何人吹起的芦笛声。原来，无人不思乡。

此情此景，不禁令诗人动容。酒与美景，最易触发诗情，更何况凄凄咽咽的笛声亦来敲愁助恨。诗人回至帐内，拿起笔，挥手便写下此诗。

边地男儿无法与家人长相守，家国难两全，只能独自把个中滋味咽回心底。日里"千骑卷平岗"，不可将这愁绪带入沙场，夜里更是一场征程，每当月升高空，每当笛声飘摇，便会有千万颗同样的心奔向各自不同的故乡。

隔了一世又一世，乡愁只不过是添了些沧桑，却依旧在内心涌动。乡愁在诗人的诗句中，讲述着烽火连三月里的牵挂。

思乡，怎一个愁字了得

张籍《秋思》

> 洛阳城里见秋风，欲作家书意万重。
>
> 复恐匆匆说不尽，行人临发又开封。

古往今来，远离故乡的游子，无论其出身何时何地，都无法抹去流淌在血管中的点滴思念，只因故乡是存在于世的凭证。"看君已作无家客，犹是逢人说故乡"，这恐怕是生于江南身在西北的张籍最感慨的事情。

又是一个秋日傍晚，张籍饭后无事，便前往友人家中叙旧，敲门半晌无人应答。一人站于门前，肃杀秋风带来阵阵凉意，一群大雁正从空中飞过，声声哀鸣，不禁想起自己客居洛阳，常年不归。这大雁明年会归来，而自己何时能回到家乡呢？

从友人门前回至家中，千般乡愁思绪涌上心头，便提起笔来欲写一封家书，可是千言万语却不知从何写起。诗人的脑海中，不断涌现着当年离别时的情景。那时年轻气盛，与老母离别时竟头也不回地走远，而不知这一别何时才能再见面。想到这里，不觉泪如泉涌。终于写罢书信，仔仔细细地读了数十遍，听见窗外有打更人才发觉已是夜入三更。

翌日，揣着信等候捎信人。不知何时，街角传来马蹄声，

张籍激动万分，颤抖着将家书递于其人手中，送信人接过书信辞了他便转身离去，却听见身后传来颤巍巍的一声："且慢，让我再看一眼吧。""复恐匆匆说不尽，行人临发又开封"，熬夜写下千言万语，似乎言已尽，再无不妥；而当捎信人马上就要上路之际，又唯恐这深深的嘱托中遗漏了什么，故而又叫住捎信人，匆匆拆开信封。或许打开之时，再无添加之句，却一遍又一遍地检查。是啊，思念怎能说尽呢？

家书太轻，承载不了此般深沉的思念；家书又太重，说多了又怕惊扰了这梦。于是，便有了"复恐匆匆数不尽，行人临发又开封"万般的纠结。

明代王夫之《姜斋诗话》评价此诗是"七绝之盛境，盛唐诸巨手到此者亦罕，不独乐府古淡，足与盛唐争衡也"，确为十分精准。质朴之语无任何修饰，惦念之情悠然蔓延。

思乡，怎一个愁字了得。

异乡异地，难免悲戚
王建《十五夜望月》

> 中庭地白树栖鸦，冷露无声湿桂花。
> 今夜月明人尽望，不知秋思落谁家？

或许，家根本不是一个确切的概念，不是一个清晰的地方，而是一种脉脉的温情，是一缕在傍晚袅袅升起的炊烟，是一碗热气腾腾的米粥，是心中最脆弱最柔和的一股暖流，轻轻流遍全身。于是，在异乡异地看着月色升上枝头，难免悲戚忧伤。

自古以来，无数诗人对月咏怀，佳句颇多。王建的《十五夜望月》，言今夜清光千门共见，又诉千里相思乱人柔肠，实是高踞题颠之作。

圆月又落庭院，诗人又辗转无眠。百无聊赖之际，也只得随手披件衣裳，走至院中，在望月中静静挨过这个夜晚。

"中庭地白树栖鸦，冷露无声湿桂花。"诗人"望月"不见月，眼前只有一幕动人的自然景象：庭院正中的地上一片银白，鸦鹊早已择树而栖，正入酣梦，冰冷的露水无声地打落下来，浸湿了芳香馥郁的桂花。地白疑霜，桂枝湿露，赫然一幅月色图却又不言月，此乃诗人"经意之笔"。

此情此景，诗人不禁动容。月华如水，皎洁恰似埋藏了亿

万年的琥珀，普天之下人人都在抬头仰望这轮圆月，却不知晓那浓浓厚厚的秋思究竟会落在谁家呢？为何月圆会与相思熨帖得如此贴切，世人始终不懂，但唯一明了的是，每户人家都可能是秋思飘落之处，每个人都可能是心生秋思之人，中秋之夜怀人已是共识。

此诗从写景起，以抒情结，景物以形象化的文字笔笔绘出，情思以朴素真挚的语言自然流露，景美情浓，委婉动人，味之不尽。

人生犹如蒲公英，看似自由，却身不由己。离家并不是人所愿，思家却是情不自禁。经历春秋变幻，唯有将世事看淡，将他乡看作故乡。

念家之时，总要痴痴幻想

柳宗元《与浩初上人①同看山寄京华亲故》

海畔尖山似剑芒②，秋来处处割愁肠。

若为化作身千亿，散向峰头望故乡。

【注释】

①浩初上人：潭州（今湖南长沙）人，龙安海禅师的弟子，作者的朋友。

②剑芒：剑锋。

现代学者马茂元评论柳宗元之诗云："他的诗，像悬崖峻谷中凛冽的潭水，经过冲沙激石、千回百折的过程，最后终于流入险阻的绝涧，渟滀到彻底的澄清。冷冷清光，鉴人毛发；岸旁兰芷，散发着幽郁的芬芳。但有时山洪陡发，瀑布奔流，会把它激起跳动飞溅的波澜，发出凄厉而激越的声响，使人产生一种魂悸魄动的感觉。"此诗便是其中一个典型范本。

念家之诗，尚不在少数，皆以暖流脉脉、幽幽念念之感袅袅道来，如怨如慕，如泣如诉。而柳宗元却反其道而行之，将易在夜中生发的丝丝缕缕的思乡之感，以银瓶乍破水浆迸之势，奔泻而出，掀起千万丈波澜。

怀乡思家，忧思郁结，一人孑立，形影相吊。不得已之时，便叫上朋友浩初和尚一同登山望景色。眼之所见，心之所思，正触愁怀，提笔便写下此诗。

秋来之时，草木顿衰，一片荒凉。诗人本想登上山顶望一望家乡，然而群山峭拔参差，视线被矗立于海边犹如屏障的陡峭巉岩阻挡。刹那间悲戚至极，愁肠百转。

眼望故乡，却不得归，难免使人惆怅。无可奈何之际，便也只得目不转睛地望去，却唯恐望不够。情急之下，诗人不禁幻想，如若于层层峰峦之上伫立"化身"，不是一个两个，而是"千亿"，倾尽全力齐齐望去故乡那该多好。纵然夸张，纵然不可得，然而诗人念家之情显露无遗。语调平淡沉着，但于平淡外底蕴浓厚。郁悒复杂的情感洪流奔卷，难以遏制。

有人会问，到底什么是家乡，是田里那头整日犁地的老黄牛，是门前那棵荡漾在春日里的杨柳，抑或是母亲轻声唤起孩童时期的乳名。或许家乡有的，异地亦有，但偏偏认为故乡的一切都似被下了咒语，让人魂牵梦绕，挂肚牵肠。无怪乎世人离乡背井、念家之时，总要痴痴幻想，"若为化作身千亿，散向峰头望故乡"。

卷九 淡听风雨，静守流云

　　寒山寺的钟声依旧在夜半适时响起，纵然诗人已逝，却有一代又一代的落寞人倾听。

孤独地写诗，孤独地前行
陈子昂《登幽州台歌》

前不见古人，后不见来者。
念天地之悠悠，独怆然而涕下！

短短的一首诗，多一字嫌太多，少一字意难传，这四句恰到好处，称得上当之无愧的字字如矶。《唐诗快》中称："此二十二个字，真可以泣鬼。"初唐陈子昂，独登燕台，凭吊古今，将天地之悲伤揽入怀中，他歌的不是古人的寂寞，而是自己的孤独。

此时登高，已不仅仅是一种行动，更是一种态度、姿势和情怀。当他登上幽州台之时，目光便穿过历史的隧道，直抵燕国。当年燕昭王筑黄金台招才纳贤，令天下臣服。而今，陈子昂孤独地立在台上，却再也看不到贤王。天悠悠之高远，地悠悠之壮阔，与漫长的历史长河比起来，人何其渺小。人生无奈，诗人唯有独自哀伤。

他在幽州台上究竟看到怎样的景色，并无说明，或者当时他已无心留恋风景，只是任凭风在耳边呼啸，自己立于天地之间，于无声处听惊雷。这般无人之境也算应了他的那句"前不见古人，后不见来者"。

像燕昭王那样能够招纳人才的贤君已不见，而他心中理想的后继贤明之主亦来不及见到，"前贤"已远，"后贤"未来，命运未免太薄情。登高远眺之时，怀想那茫茫宇宙无边的悠远绵长，而一个人在如此短暂的生命中却不能有所作为，且无人能理解，不禁让人怅然泪下。一个"独"字足以道明陈子昂悲愤之缘由，庞大的孤独之感日夜噬咬着诗人的心，渐入骨髓。

伯乐难求，此是一个时代的悲剧，太多才华横溢的诗人因昏聩君主的一道圣旨而被湮没。历史重复上演，当陈子昂登临远眺时发现，偌大一个时代，竟没有一个知音，瞬间孤独将他卷入了巨大的无助感中，千百年的寂寥都在他笔下荡漾。

孤独地写诗，孤独地前行，这便是陈子昂，也是千千万万诗人的共同的存在状态。原来，"独怆然而涕下"是所有醉世独醒的孤独者最悲怆的狂欢。

这次跋涉，耗尽了一生

孟浩然《留别王维》

寂寂竟何待，朝朝空自归。

欲寻芳草去，惜与故人违。

当路谁相假？知音世所稀。

只应守寂寞，还掩故园扉。

浅浅读罢，这是唐诗中很寻常的一首告别诗，细细玩味，才发觉诗中透露着归隐的意愿。这是孟浩然留下的眷恋，给友人王维，更给他偏爱的朝堂。

"寂寂竟何待，朝朝空自归"给相似的心灵带来了很大的认同感，无论谁在得不到认可和欣赏或者想起自己的某段岁月时想起这两句来，都会有深深的感触。正是"欲寻芳草去"一句露出了端倪。诗人开始有了归隐的动机，但又有些不舍，原因就是"惜与故人违"。"知音世所稀"一语双关：既对好友王维表示难舍，也是暗中叹息世上没有人具备慧眼看到他的才华。

不如寂寞地守望，轻轻地掩上家园的柴扉。门，悄悄地关上了。这一关，关上了所有对入仕的希冀与钟情。

仕与隐，其实是困扰着古代知识分子的一个最普遍的问题，几乎所有文人都在心里问过自己这个问题。但大多数人的归隐是因为朝廷的昏庸或不同党羽之间的排挤，而此时的孟浩然心里考量的却是身与心不能同步的问题。

小隐隐于野，大隐隐于朝。隐逸是诗人特有的一种情怀，遁世之心背后的眷恋之情又有几人得知。仕与隐的这个分岔口，往左是帝王的垂怜，却也有同僚的排挤、现实与理想的落差；往右是空幽的山林、物我两忘的和平，却也有此生难以施展的抱负。这小小一步，难住了古今多少诗人志士，让他们在进与退之间，举棋不定，拖沓难行。

不知是诗人伤了历史的心，还是历史伤了诗人的心。在仕与隐这条路上，孟浩然最终归隐，后来，王维也做了同样的选择。

从隐向仕是一种决心，并不是因为他难以抉择，而是那一段漫长的经历。从仕向隐是一种跋涉，并不是因为他走过了千山万水，而是过程的举步维艰。世人皆知歧路多彷徨，却没想到，进与退之间的距离，这么近，那么远。这个决心，孟浩然下了四十年；这次跋涉，却耗尽了他一生的时间。

门，是悄悄地掩上了，但心给那个地方留了一道缝，长长久久，不近不远。

旁观景物，无心流连

李颀《渔父歌》

白头何老人，蓑笠蔽其身。

避世长不仕，钓鱼清江滨。

浦沙明濯足，山月静垂纶。

寓宿湍与濑，行歌秋复春。

持竿湘岸竹，爇火芦洲薪。

绿水饭香稻，青荷包紫鳞。

于中还自乐，所欲全吾真。

而笑独醒者，临流多苦辛。

  诗人在此诗中塑造了一位披蓑戴笠，远避尘世，独自在江边垂钓的老翁形象。这位老翁持的是"湘岸竹"，烧的是"芦洲薪"，煮的是"香稻饭"，食的是"紫鳞鱼"，返璞归真，怡然自得。

  对于诗中老翁来说，尘世的清与浊、醉与醒，都与他无关。他只消在这清静之中静享自己的生活便足够了。这样不问世间事的人生境界，亦是当时多数文人所追求的吧。

  此时的李颀已经萌生了退隐之意，既然仕途眼看是一条越走越窄的道路，何苦还要继续执着地走下去。当然，追求需要勇气，放弃则需要更大的勇气。如何在入与出之中做出抉择，如何在得与失之间波澜不惊，李顾苦苦思索。

然而"矢志不渝，持守本真"一直是李顾一生都恪守的准则。其实，归隐并不意味着要抛弃过往、抛弃信念，只要守住本真、守住自我，便可殊途同归。

李顾的归隐与东晋诗人陶渊明的归隐有极大的不同。"少无适俗韵，性本爱丘山"，陶渊明对大自然是油然而生的喜爱；"所对但群木，终朝无一言"，李顾面对花草树木却有无言的忧伤。"采菊东篱下，悠然见南山"，陶渊明将身心都融入了山野田园中，有着冲破俗世藩篱后的超脱与自在；"且愿启关锁，于焉微尚存"，李顾旁观景物，无心流连，满是不得不归，不得不隐的无奈与愤懑。全妄归真，全事即理，不必执着于归隐之道。隐就隐，不隐就不隐，一切随缘。

"我心爱流水，此地临清源。"李顾对流水的喜爱，大概源于对道家思想的偏爱。老子的《道德经》有"上善若水，水善利万物而不争"之言。人若能体会到水的意境，简单、深远、丰富、坚韧；做人也如水一般，纯净、澄明、柔和、谦卑，那么即便在喧闹中也能获得宁静之感，在纷扰中也能拥有淡泊之心。

矢志守真，虽难且苦，但回首仍觉可贵，回味亦觉甘美。

一抹斜阳，半世温暖
王维《鹿柴①》

空山不见人，但闻人语响。

返影入深林，复照青苔上。

【注释】

①鹿柴（zhài）：一作鹿砦，意为鹿居住的地方，是王维晚年隐居之所。在今陕西省蓝田县，是辋川的一个景区。

若不是王维，唐诗的浩荡卷帙上恐怕要少了这淡然的一笔。然而，就是这轻描淡写的一笔，勾勒出大唐的秀山清水，点燃出心向菩提的禅境，晕拓出隐士幽独的画意诗情。

晚岁的王维厌倦半官半隐的生活，终归南山。虽无出家，但已与僧人生活无二致——粗茶淡饭，乐好参禅。如此，他不食尘味地独自在自己的世界中绘制生活的线谱。

"空山不见人"，傍晚空旷山林中杳无人烟，"不见人"，把"空山"的意蕴具体化了。人迹罕至的空旷山林，在诗人的笔下显得空廓虚无，犹如远离红尘之胜境。

似乎起句平平，如一潭平静的湖水。然而下句似吹来一阵风，镜子般的水面，渐起波澜，境界全出。空山寂静"不见人"，山却并非真空，远远传来细细风语、潺潺水声、啾啾鸟啼、唧唧虫鸣。自然丰富多彩，更有趣处在于，虽看不到人，却隐隐地捎来几丝人语声，颇出乎意料。人语响过之后，山中再一次沉入万籁俱寂中，如同将一颗小石子没向湖心，激起涟漪后又复归平静。

山中的树林，茂密深邃，林间不禁有一丝暗淡。树下苔色青青，尽收眼底。偏偏是在这样的环境中，夕阳的余晖穿过层层树林，洒向青苔之上。就是这一抹斜阳，给幽暗中的山林提亮了一个色度、带来了一阵温暖，在寂然中展现出一点生机。

诗人于此诗中独辟蹊径，以人语来打破山的寂静，以夕阳来照射林的幽暗，以声烘托静，以亮反衬暗，反而使山林给人更加寂静和优雅的印象。霍松林评论此诗时说："不是死一般的寂静，而是静中有动，寂中有喧，甚至色彩绚丽，光辉熠耀，故能给人以恬静而不枯寂的美感。"

或许古人是羡慕王维的，试问谁有他这样一番浪漫的诗意呢？舍弃繁华仕宦的锦绣前程，而专心栖居于心灵净土间。

轻松明月下，一尘不染

王维《山居秋暝》

空山新雨后，天气晚来秋。

明月松间照，清泉石上流。

竹喧归浣女，莲动下渔舟。

随意春芳歇，王孙自可留。

寒来暑往，春夏秋冬，每一片落叶掉在头上之时，尽可以触动敏锐的情思。这便是人们最自然也最敏锐的生活状态。王维更是如此，他淡然、空静，生活犹如一杯淡淡的清茶，他的诗篇像茶水中慢慢绽放的茶叶，尽情地舒展，而后释放出一缕缕浓香。他的生活也如一次次雨后的空间，清新洗练，荡漾着温润和松软。

一阵淅淅沥沥的小雨过后，林木愈显葱郁，青翠欲滴。山中最是好风景，因人迹罕至，故而天然至极，山雨初霁之时，山中一派空明洁净。深秋傍晚时分，此地尽是旖旎风光。"空山新雨后"，虽是空山，却空而不虚，静而不寂，山中自有欢歌笑语，渔舟唱晚；自有明月朗朗，清泉潺潺。

被雨水洗涤后的松林，空气清新，枝叶青翠欲滴；皎洁的月光投射进松林，地上一片洁白的月光，干净而透彻。山中的石头被雨水冲刷得一尘不染，晶莹圆润；山雨汇成的潺潺清泉流淌于错落有致的山石上，又顺着山涧蜿蜒而下，发出淙淙的清脆悦耳的欢唱，恰似宛转的夜曲。

诗人久久站立于山中，远远听到竹林中传来一阵欢歌笑语，嬉笑打闹，笑声打破了竹林的宁静，原来是一群农家少女正浣衣归来。几艘捕鱼的小船满载而归，渔舟所到之处，莲叶随之而动，掀起阵阵浪花，划破了荷塘月色的宁静。于这轻松明月之下，于这翠竹青莲之中，乡村的平凡简单，在诗人眼中即成了淳朴率真、安居乐业的理想生活，诗人心性高洁以及无欲无求的心态，于此处一览无遗。

春芳凋谢乃是四季轮回的必然，秋色自有秋色的美，"王孙"可以留下不必离去。此句诗貌似在劝"王孙"，实则是道与诗人自己。"山中"比朝中好，洁净纯朴，可以远离官场污浊而洁身自好，出仕朝堂实则不如留在山中。

王维用淡淡的笔墨写下此诗，也描绘了一幅美丽的水墨山水画。此正应了苏轼对王维"诗中有画，画中有诗"的称赞。

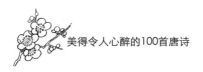
无论走多远，总要回来
刘长卿《逢雪宿芙蓉山主人》

日暮苍山远，天寒白屋贫。
柴门闻犬吠，风雪夜归人。

无论走了多远，总有一天要回来，回到最初的地方，回到梦开始的地方。几世轮转，历史的风吹散一夜的雪花，追上刘长卿的脚步，和他一起踏上归途。

刘长卿大概也是一位细致的国画大家，描绘了一幅暮色苍茫、天寒地冻的雪中求宿图。诗首先从大处着笔，"日暮苍山远"是整幅图的底色：暮色沉沉，远山层层。接着笔锋拉近，中景"天寒白屋贫"开始出现了有人居住的贫屋，贫屋被大雪覆盖，一派荒凉孤寂之景。不由得想起了"鸡声茅店月，人迹板桥霜"，一所孤屋独矗于茫茫雪景中，似"独钓寒江雪"里的一叶孤舟。

日暮也是年华渐暮，天寒地寒也是人寒，山远路远也是人远、心远，屋贫人贫也是心贫、气贫。诗人意高笔减，到底是忧寄天下的失望、仕途不顺的惆怅还是看穿一切的旷达？刘长卿还未给出答案。"柴门闻犬吠"以无声衬有声，仿佛透过隐隐的犬吠声看见了一个孤单的身影穿过层层密林归来，背后空留下一串深深的脚印，一副落得白茫茫大地真干净的景象。此诗也因其浑然一体，诗画合一，被时代唐汝询称为"凄绝千古"。

　　宦游漂泊，浪迹天涯，人和心一直在路上，不知何时是归期。于是便有了这首雪中孤寂的归人图。刘长卿孤零零地在大唐的飞雪中行走着，寻找着。他的一生若是一次旅程，那么贫屋是他借宿之处还是最后的归所无人得知。也罢，就让诗人当一个不被打扰的旅人，借旅途抚慰心灵，一山一树一雪一屋都是风情。

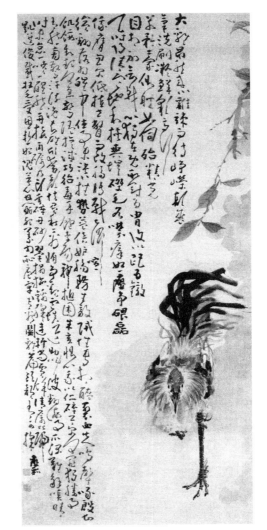

个中滋味，唯有自己能解

张继《枫桥①夜泊》

月落乌啼霜满天，江枫渔火对愁眠。

姑苏城外寒山寺②，夜半钟声到客船。

【注释】

①枫桥：桥名，在江苏省。

②姑苏：苏州的别称，因城西南有姑苏山而名。寒山寺：枫桥附近的一座寺庙。据传唐初著名僧人寒山曾住此，因而得名。

在人间胜地中，那些淡淡的羁旅忧愁，便也带上了几许美丽。夜半时分，诗人依旧无法安眠，故而干脆起身，走到枫桥之上，一人静静独享这份安然与寂静。彼时，残月、栖鸦、枫树、渔舟、寺院、客船、枫桥和江水浸透在夜中，仿如一幅层次分明、意境深远的山水画。诗人便在这画中，将愁思一点点渲染开来。躺在船上，他对着茫茫的夜色，久久难眠。彼时月亮已落，天色暗淡，鸦栖未稳，不时传来一两声啼叫，后又复归寂静。失眠的诗人由此心生触动，不免产生"月明星稀，乌鹊南飞，绕树三匝，何枝可依"之感。

停泊在桥畔的客船隐约其中，江水在朦胧的月光下泛着银光，片片渔舟，点点渔火，仿若人间仙境。深秋已至，夜晚的江船上寒气袭人，诗人远眺天空和江面，尤感苍茫一片，仿佛是白露为霜，从天而降。月落惊乌，显夜之寂静；月夜乌啼，露声之惊心；秋月秋霜，即感之冷寂；朦胧江枫，感林之阴森；渔火摇曳，品人之寂寥。敏感的诗人，自然难免生发缕缕轻愁。

诗人在客船上辗转反侧，难以成眠，倏然间一声悠长的钟声穿破夜幕，从寒山寺的方向杳杳传来。"姑苏城外寒山寺，夜半钟声到客船"，夜静谧得连风声都不曾闻，一声钟响更将一座寺的深幽和清寥衬托得无以复加，诗人卧听于客船，个中滋味，唯有自己能解。一个"到"字，赋予原本无形的"夜半钟声"以人情姿态，愈发耐人寻味。

漫漫长夜，悠悠江水，孑然一身，异乡为客，难免悒郁。古诗中那种清清淡淡的深幽意境，像是一汪寒澈的湖水，岸上是愁，倒影亦是心酸。寒山寺的钟声依旧在夜半适时响起，纵然诗人已逝，却有一代又一代的落寞人倾听。

每一片雪花都融化在期待里

柳宗元《江雪》

千山鸟飞绝，万径人踪灭。

孤舟蓑笠翁，独钓寒江雪。

看云卷云舒是自在的安雅，赏花开花落是难得的悠闲，茫茫天地渔舟独钓是独有的恬淡。繁华落尽，浮生如梦，人生是过眼云烟，何不让生命澄澈如初。守得住朴实无华的世界，便也守住了自己的一亩心田，世间万物，与己无关，却也为己独用。

柳宗元少年得志，为官之后却一黜而黜，永无返京之日。大概有才而不被重用之人，皆有怨言。柳宗元胸中自然郁结政治上失意的苦闷，然而处于荒地，却也能以苦为乐，借歌咏隐居在山水之间的渔翁，寄托自己清高孤傲之情怀。《江雪》正是如此。

雪落万顷，山上是雪，路上是雪，江上是雪，"千山""万径"皆是雪，这俨然是一个冰雪的世界，东南西北、四面八方，无一处幸免于雪的热情。天地之间纯洁而寂静，一尘不染，万籁无声。背景似乎延伸到了整个宇宙，浩渺苍茫、荒寂远阔。这似比陶渊明的世外桃源更虚幻更缥缈。

就是此般幻境中，一叶孤舟，一套蓑笠，一柄渔竿，一个渔翁，泰然稳坐于冰天雪地间，其姿态简单至极，安然地仿如凝固，似一尊雕像，不仅垂钓于始终清绝的江雪中，亦是垂钓于其时代严酷的政治环境中，俨然成为整个历史长河中一道绝美的风景。老人不惧怕寒冷，也不畏惧孤独，他在这宁静、凛冽的白雪中，享受生活的静谧与从容。他能够有时间体会这独得的乐趣，也有心情细细地品咂生活的况味，甘于寂寞的平静与恬淡。风来顺风，水来顺水，一切都是随缘而安。

　　"随兴而至，随兴而去"似乎是古人生活的一种情趣。无论观山、看海，还是普通的垂钓，抑或只是美人一次深情的回眸，都能在他们心中投下细腻的感受。如果在兴致盎然的路上，每一个脚印都踩在快乐上，每一片雪花都融化在期待里，等到兴致消失，也并不觉得遗憾。因为在来时的路上，已经充分享受到了心灵的漫步。

钓上来的是寂寞

柳宗元《渔翁》

渔翁夜傍西岩宿，晓汲①清湘燃楚竹。

烟销②日出不见人，欸乃③一声山水绿。

回看天际下中流④，岩上无心云相逐。

【注释】

①汲：取水。

②销：消散。

③欸乃：象声词，有两种解释，或指桨声，或指舟中人长呼之声。唐朝湘中地区有棹歌题为《欸乃曲》（见元结《欸乃曲序》）。

④下中流：由中流而下。

孤独，是人类最原始的情感。诸多诗人在晚年选择乐山好水了结残生，山水之间似乎有太多让诗人向往的乐趣。

每一首诗背后都有一个孤独的诗人，每一位诗人背后都有一段孤独的故事，或遭受谗言，或仕途不顺，抑或故国不再。每一位诗人归隐前都有着轰轰烈烈的理想，理想无望时，他们恋恋不舍地回归山水、回归田园。

被贬永州使柳宗元命运转折，他寄情山水，借山水抒发内心幽怨，故而大部分悲情诗作即创作于此。"只应西涧水，寂寞但垂纶。"他的寂寞在于理想受挫，政治上的压迫；他的寂寞也在于不移白首的一片冰心被淹没与淡忘。于是只好孤独垂钓，"夜傍西岩宿"，钓上来的是寂寞，钓不上来的是仕途的辉煌。

傍晚，渔翁把船停泊在西山下息宿；拂晓，他汲起湘江清水又燃起楚竹。烟消云散，旭日初升，不见他的人影；听得欸乃一声橹响，忽见山清水秀。回身一看，他已驾舟行至天际中流；山岩顶上，只有无心白云相互追逐。

柳宗元在永州放情山水，或行歌坐钓，或涉足田园，生活恬淡。其实他心底仍然充满了悲伤与不平。他本身是一个不甘寂寞的人，却长期过着萧索的谪居生活，处于政治上被隔绝扼杀的状态，生活的寂寞与感情的热烈、现实的残酷与理想的坚持使他陷入深深的矛盾。故而他的诗也就带着深沉委婉的格调，苏轼评价曰："发纤浓于简古，寄至味于淡泊。"

无论古今，总有太多纷扰让人无法释怀，醉心于争名夺利，往往徒劳而归。不妨给心灵做一次原始的按摩，或寄情山水，或回归自然。山花烂漫也好，寒江独钓也罢，都只为让内心与世无争。正如乔治·桑塔耶纳所说："自然的景象是神奇而且迷人的，它充满了沉重的悲哀和巨大的慰藉，它交还我们身为大地之子与生俱有的权利，它使我们归化于人间"。

再多的浪漫挽不住时光

李商隐《乐游原》

向晚意不适，驱车登古原。

夕阳无限好，只是近黄昏。

那天晚上，他心情抑郁，于是驾车出门散心。走走停停，风吹乱了胡须。傍晚之时，车至古原，极目远望，看到厚厚重重的云雾盘踞空中，夕阳于云雾的空隙中，迸射出一条条殷红色的霞光，宛如深沉大海中的游鱼，轻轻浅浅地翻滚着金色的粼光。夕阳的光芒如一柄利剑，就这般劈开了他的胸膛，焐热了他内心最柔软的地方。故而，对人生的感悟忽然灵光乍现，写下了此千古名篇——《乐游原》。

全诗区区二十字，便将人生之不如意倾倒而出。上天给予他旁人无法拥有的才华，亦赏赐他爱而不得、得而失之的缺憾人生。或许美好的事物注定无法长久，仕途上困难重重，所处时代由盛而衰，情路上百般失意。李商隐在人生路上的苦楚，渐渐教会了他以平淡之心赏残缺之美。

驱车登古原，并非为寻求感慨，无痛呻吟，而是因傍晚之时，心有郁结。风徐徐吹来之时，看到夕阳美景，自然发出喟叹。夕阳放射出醉人的余晖，使身处其中之人，情不自禁想要融化在这片美景中。然而，有多美，就有多痛。黄昏将至，一切美景将转瞬即逝，被夜幕笼罩吞噬。

诗人淡淡的哀愁，或许并非完全源于对美景的赞美与留恋，亦是在感叹时局与人生。清人纪昀曾评此诗曰："百感茫茫，一时交集，谓之悲身世可，谓之忧时事亦可。"时至晚唐，中兴无望，昔日繁盛之大唐不复存在，而诗人空有一腔抱负，终未来得及施展，便陷入朋党之争。此种境况，与黄昏将至之时的夕阳，有何二致呢？

将逝的不仅是美景，还有诗人对于韶华渐去的感叹，再多的浪漫亦挽不住人生的时光。大唐王朝又何尝不是一样，虽然繁盛一时，也终于未能幸免，走上了衰落的道路。叹息，便在这样的余晖中悄悄袭来，将世世代代的人击中，涌起无数的伤感。

"夕阳无限好，只是近黄昏"，人生如此，又奈何，唯有学会用平淡的心态看世事罢了。如若明白没有什么会天长地久，放弃执着，世间一切都是细水长流，才是人间至境。

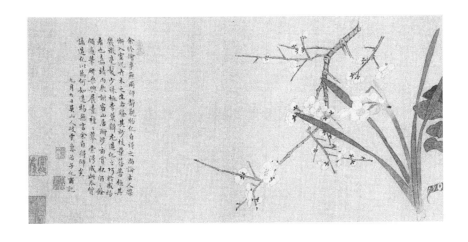

酒色人生，遮掩了多少落拓

杜牧《遣怀》

落魄江湖载酒行，楚腰纤细掌中轻。

十年一觉扬州梦，赢得青楼薄倖名。

杜牧生活的时代，气势磅礴的锦绣盛唐逐渐成了一个背脊佝偻、脚步蹒跚的老者，越来越力不从心。熟读史书，看透时局，书生依然正心修身齐家，却无力治国平天下。在仕宦不遇和沉沦人生的尴尬夹缝中，杜牧唱起一支风流的曲子，来为自己疗伤、祛痛。

前世恍然如梦，酩酊或伶仃，只为赢不到生前身后名。唐武宗会昌二年（842），杜牧忆起昔日扬州生活，不禁写下了《遣怀》。

春风无限，酒色人生，遮掩了多少江南的落拓。细细玩味却是落魄潦倒的酸楚：载酒江南，沉醉细腰，这样的风流，后人只能凭着历史的线索去慢慢揣度。"青楼薄倖"也好，名动天下也好，都为的是一个"名"。"赢得"与不得，自嘲与辛酸化为一声叹息，永远地留在了诗中。

中年的杜牧回忆起那些张狂往事，一件件仍清晰如昨，可知他一直未得解脱。失意之余只好又重新将女子当成最后一根稻草，他在《杜秋娘诗》中写道："女子固不定，士林亦难期。"女子与士林，纵使真的那般相似，又有几人能在其中游刃有余。

与其说女人或酒是诗人们沉醉的温柔乡，倒不如说他们是古往今来落拓文人一个停脚的驿站。没有到过的人对他充满了幻想，而离开的人又在梦与醒中脚步踉跄。

在惊觉十年岁月恍如隔世一梦的时候，感慨、沧桑都悲从中来，令人痛不欲生。十年一梦，只叹，在梦中用以自欺的洒脱与风流，不是根治晚唐痼疾的良药。梦醒之后，山河依旧，大厦将颓的势头依旧。只是昔日的黑发玉面少年郎，早已斑驳了两鬓，吟着"十年一觉扬州梦"的潦倒，进不得退不得，其中尴尬，谁能说得清呢？